LE COMMENTAIRE

DU

SAN-ZE-KING

LE RECUEIL DES PHRASES DE TROIS MOTS

VERSION MANDCHOUE

AVEC NOTES ET VARIANTES

PAR

FRANÇOIS TURRETTINI

GENÈVE, H. GEORG, LIBRAIRE-ÉDITEUR

PARIS   LONDON

ERNEST LEROUX   KEGAN PAUL, TRENCH, TRÜBNER AND C⁰

1892-1894

BAN-ZAI-SAU

578 — IMPRIMERIE FR. WEBER, RUE LÉVRIER, 3, GENÈVE

LE COMMENTAIRE

DU

SAN-ZE-KING

LE RECUEIL DES PHRASES DE TROIS MOTS

VERSION MANDCHOUE

AVEC NOTES ET VARIANTES

PAR

FRANÇOIS TURRETTINI

GENÈVE, H. GEORG, LIBRAIRE-ÉDITEUR

PARIS
ERNEST LEROUX

LONDON
KEGAN PAUL, TRENCH, TRÜBNER AND Cᵒ

1892-1894

PRÉFACE

Nous publions dans les pages suivantes un nouveau travail sur le *San-ʒe-king* ou le Livre des trois mots. Comme on le sait, le *San-ʒe-king* est avec le Livre des mille mots *(Tsien-ʒe-wen)* et le Livre de la Piété filiale *(Hiao-king)* l'ouvrage élémentaire le plus répandu en Chine et l'on n'ignore pas non plus que parmi les commentaires du *San-ʒe-king* celui de *Wang-tsin-ching* a le plus de renom.

Dans le premier volume du *Ban-ʒai-sau* avait déjà paru une traduction de ce commentaire, dûe à la plume de feu Stanislas Julien, et qui fait partie de son ouvrage intitulé « *San-tseu-king*, le Livre de phrases de trois mots en chinois et en français, suivi d'un grand commentaire traduit du chinois et d'un petit dictionnaire chinois-français du *San-tseu-king* et du Livre des mille mots. Genève 1873 ».

A la même époque, son rival, M. Pauthier, fit de cette paraphrase de *Wang-tsin-ching* une traduction plus complète, mais moins fidèle, qu'il destinait aux étudiants de la Cochinchine. En 1882, M. Abel des Michels, professeur à l'Ecole des langues orientales vivantes de Paris, publia, sous le titre de *Tam-tu-kinh*, intégralement le texte et la traduction du Livre des Trois mots et de son commentaire, par *Wan-tsin-ching*, en l'accompagnant d'une transcription annamite. Ce que nous donnons aujourd'hui, c'est la traduction mandchoue de ce commentaire, tirée du *Manju, monggu hergen i kamcime suhe san-ꝗe-ging ni bithe, Manju monggol üsük yier habsoron tailuksan san-ꝗe ging un bithe,* 滿 蒙 合 璧 三 字 經 註 解 en quatre *kiuen* ou cahiers, imprimé la douzième des années *tao-kwang* (1832) et qui est la version mandchoue, mongole et chinoise du *San-ꝗe-king* et de son commentaire, par *Wang-tsin-ching*. La partie chinoise de cet ouvrage, que nous appellerons l'édition Turrettini (Ed. T.), diffère parfois sensiblement du texte publié par M. Des Michels, que nous nommerons l'édition Des Michels (Ed. D). M. Des Michels s'est sans doute servi de l'édition chinoise, dont notre regretté maitre Stanislas Julien nous donnait à son cours une interprétation trop rapide et que nous désignons par « Ed. C. » (l'édition chinoise).

Les notes dont nous avons accompagné la version mandchoue du commentaire de *Wang-tsin-ching* sont principalement consacrées à relever les différences qui existent entre ces deux textes chinois et les quelques erreurs qui se sont glissées dans le *Tam-tu-kinh* et, en ceci, nous n'avons eu d'autre but que de rendre plus parfait le remarquable instrument d'études dont le zèle et la patience de M. Des Michels ont doté la sinologie.

Au milieu de ces notes critiques, les étudiants trouveront encore à glaner ce que les Anglais appellent des « contributions » pour la grammaire ou la philologie et l'histoire.

Quant au texte chinois du Livre des Trois mots et à sa traduction mandchoue, on les trouvera dans l'ouvrage que nous avons fait paraître dans le *Ban-ʒai-sau*, en 1876, et qui est intitulé « *San-ʒe-king*, les phrases de trois caractères en chinois avec les versions japonaise, mandchoue et mongole, suivies de l'explication de tous leurs mots ».

Remarques. — On a donné aux lignes du texte la disposition des vers dans la poésie pour les faire concorder avec les lignes de l'édition Turrettini.

Les numéros en tête des 104 chapitres ou paragraphes correspondent à ceux de l'édition Des Michels, et les chiffres en marge sont ceux des pages de l'édition Turrettini, dont la première partie se termine avec le paragraphe 54. C'est pourquoi la numérotation en marge, après 146, recommence avec le paragraphe 55, le premier de la seconde partie. Les lettres et les chiffres qui accompagnent l'abréviation Ed. D. dans les notes correspondent à ceux qui se trouvent en marge des caractères chinois du texte publié par M. Des Michels.

Fr. Turrettini.

三 字 經

LE COMMENTAIRE

DU

RECUEIL DES PHRASES DE TROIS MOTS

PAR

WANG - TSIN - XING

Version mandchoue avec notes et variantes

1

1. Ere tacihiyan be ilibure tuktan. hacin be tucibure deribun, tuttu
niyalma i banjinjiha tuktan be da arafi gisurehebi. abkai
banjibuha be niyalma sembi. abkai salgabuha be banin sembi.
an i salgabun i mergen be sain sembi. niyalma i banjinjiha

2. tuktan de teni seme uthai neneme ini eme be takambi.
teni tacime gisureme. uthai neneme ini niyaman be hôlambi.
Meng-ze i henduhengge. ajige juse ini niyaman de hajilara be
sarkôngge akô. mutuha manggi. ini ahôn be ginggulere be

sarkôngge akô sehebi. *Ju-ze* i henduhe. niyalma i banin yoo ni sain
sehengge uttu waka seme o.

2

3. Ere dergi fiyelen be sirame gisurehengge. *Kung-ze* i henduhengge.
banin ishunde hanci tacin, ishunde goro sehebi. niyalma
tuktan banjinjiha fon de. mergen mentuhun sain dursuki akôngge.
gemu emu adali banin ofi. daci ishunde hanci bime
ilgabun akô bihe. amala sara bahanarangge neibuhe manggi.

4. sukdun salgabun meni meni encu turgunde. ulhire hôdun
  . ningge be [1]

mergen sembi. sara farhôn ningge be mentuhun sembi. giyan be
daharangge be sain sembi. buyen be sindarangge be [2] dursuki
akô sembi an i salgabuha sain banin be forgoxoci ishunde
hon goro akô seme o. ere gôwa de akô, tacin sukdun ci
bajinahangge kai. damu ambasa saisa de tob be ujire [3]

---

[1] 機之捷者 *ulhire de hôdun ningge be*, celui qui est prompt à comprendre. Ed. D. *i* 資之敏者, celui dont les facultés sont vives.

[2] Dans l'éd. T 則 a été omis, par erreur sans doute; car on le trouve dans une phrase analogue des lignes précédentes. Du reste, le mandchou comme le français ne rend pas l'initiale 則 (qui litt. signifie « alors »)
comme le prouve ici le passage *buyen be sindarangge be*, celui qui se laisse conduire par ses désirs, *dursuki*, est un homme déréglé, au au lieu de *uthai dursuki*, alors il est un homme déréglé.

[3] 惟能 pouvoir (v.) Ed. D. *p.* 爲能, même sens. Dans cette phrase se trouvent deux caractères 惟 ayant un sens différent. Le premier qui est en tête, a le

5. kicen bifi. ajigan i fon i banin be sain akô ba de
   guriburakô obume mutembi sehengge. [4]

3

Tob be ujirengge be ai seci. tacibume muteme be henduhebi.
niyalma enduringge niyalma-waka oci. ainahai banitai same
6. mutembi ni, niyaman akô oci hôwaxarakô. taciburakô oci
   muterakô. juse bifi taciburakô oci. tere i abka i hesebuhe banitai
   sarangge be [5] burubufi, giyan be cashôlara buyen be sindara
      jakade
   ulhiyen i sain akô bade [6] guribumbi. taciburengge be ai seci [7]

---

sens ordinaire de « seulement », *damu*, et le second est comme 爲 une préfixe verbale explitive qui pas plus que 能 son verbe n'est rendu en mandchou. Le même cas se présente à la section 6 *e* de l'éd. D.; là, toutefois le second 惟 signifie « être » qui est le sens ordinaire de 爲 à la place duquel il est mis dans l'éd. T.

[4] La finale i 矢 dans l'éd. D. *p.* 也 qui se traduit en mandchou par *kai*, n'est pas rendue dans l'éd. T.

[5] 良知 *banitai sarangge*, les connaissances naturelles Ed., D. *g.* 良, même sens.

[6] 於 dans Ed. D *h.* 于, même sens.

[7] Entre 教之 et 何何 de l'éd. D. *i*, on a intercalé dans l'éd. T 之謂 qui n'ajoute rien au sens. Le mandchou dit simplement : *taciburengge be ai seci*, qu'est-ce l'instruction ?

Mais ce passage est intéressant au point de vue grammatical, pour la monographie du caractère 之. L'on voit que le premier 之 est un pronom à l'accusatif et non une particule explétive, ou une particule déterminative comme l'appelle M. Des Michels, et la preuve se trouve quelques lignes plus loin, en *t*, dans un passage analogue, que M. Des Michels a bien rendu en traduisant 之 par *eux*. Quant au second 之 c'est la marque du génitif.

julge i hehesi beye de bihe manggi, tere de urhurakô.
dedure de waikurarakô, ilire de haidarame nikerakô. yabure de

7. balai oksorakô. yasa ehe boco be tuwarakô.
xan dufe jilgan be donjirakô. facuhôn gisun
tucirakô. balai amtan be jeterakô. kemuni tondo hiyooxun
senggime gosin jilan[8] sain baita be yabume ofi. banjiha
juse sure genggiyen mergen erdemungge bime. mergen erdemu
    niyalma ci
colgorokongge labdu. ere banjire onggolo beye de bisire fon ci

8. tacibuhangge kai. jui jeme bahaname. ici ergi gala be
tacibumbi. gisureme muteme. halaxara gilgan be tuciburakô
obumbi. yabume muteme. duin hoxo dergi fejergi be ulhibumbi.
cajurame muteme. dorolon anahônjan niyaman be wesihulere be
tacibumbi. ere ajige juse i ajigan de ureburengge. eme i
tacihiyan kai.[9] jai fusure erire acabure jabure dosire bederere

9. kemun. dorolon kumun gabtan jafan bithe ton i xu serengge
ere ajige juse i tuktan de tacirengge.[10] ama sefu i

[8] 慈 *jilan*, bienveillant. Ed. D. *k.* 惠, même sens.

[9] 此嬰孩之幼習母氏之教也 *ere ajige juse i ajigun de ureburengge, eme i tacihiyan kai*, ces exercices des enfants dans leur bas âge constituent l'éducation qu'ils recoivent de leur mère. Ed. D. *r.* 此阿保母氏之教也, telle est l'éducation donnée par la mère qui allaite ses enfants.

[10] 此童子之初學父師之教 *ere ajige juse i tuktan de tacirengge*, ce premier enseignement donné aux enfants, est l'éducation du père et du maître. Ed. D. *s.* 此父師之教也 telle est l'éducation donnée par le père et le maître.

tacihiyarangge kai. [11] hing seme bandarakô jergi ilhi bisire be [12]
wesihun obuhabi. ainci tacirede hing seme akô oci
jergi ilhi akô. tacibure be bandara oci juse songkolome
muterakô ofi. [14] tacibure [15] doro twaka sehengge.

4

10. Eme i tacihyan jilan be da arara be dahame.
mesuken i ibebume tacibure be nenden obuci acambi. julge i
mergen eme jui. be tacibume amba gebu be mutebuhengge.
damu *Meng-ʒe* i eme umesi iletu bihcbi. *Men-ʒe* i gebu *Ko*

[11] Ed. D. *t.* 然教之之道
« Mais la manière d'enseigner » est sous-entendu dans l'éd. T. qui n'a pas non plus 也 finale de la phrase précédente et 又 initiale de la phrase suivante.

[12] 循而有序, cette éducation n'aura toute sa valeur que dans une application poursuivie avec méthode. Cette phrase qui manque dans l'éd. D, serait à placer entre *t* 12 et *u* 1. 循 n'est pas rendu ici en mandchou, mais il l'est deux lignes plus loin, par le verbe *songkolombi* et il signifierait « suivre ses études ».

[13] 蓋不專而學無次序
ainci tacire de hing seme akô oci jergi ilhi akô,

et s'il n'y a pas persévérance dans l'étude, l'ordre ne règnera pas davantage. Le mandchou traduit par la même expression *jergi ilhi*, les caractères 序 et 次序 qui, dans cette phrase ne signifieraient pas autre chose que « l'ordre », tandis qu'ailleurs on a pu traduire 次序 par « l'instruction secondaire »
Ed. D *u* 蓋不專則學難成就, sans persévérance il est difficile de terminer ses études.

[13] 子不能循 *juse songkolome muterakô ofi*, les enfants ne pourront suivre leurs études. Ed. D *v.* 子蓋廢弛, les enfants se relâcheront.

tukiyehe gebu *Ze-ioi*. *Jan-gunve* i fon i *Zeo* i ba i

11. niyalma. ama *Gi-Gung* i [16] aifini akô oho. eme *Jang-xi*.
ulha wara hôda i ba i hanci tehebi. *Meng-ʒe* ajigan de
kemuni tuba de efime. ulha wara niyalma i faitara meilere
baita be alhôdera jakade. *Meng-ʒe* i eme hendume. ubade
mini jui be tebuci ojorakô sefi. tere ci guwali de
gurinefi. eifu mungga de hanci tehebi. [17] *Meng-ʒe* geli

12. umbure ukambure soksire songgoro be alhôdame efire jakade.
Meng-ʒe i eme hendume. ubade inu mi ni jui be
tebuci ojorakô sefi. geli tacikô boo i dalba de
gurinehebi. *Meng-ʒe* erde yamji canjurara anahônjara dorolon. dosire
bederere marire forgoxoro doro be alhôdara jakade. *Meng-ʒe* i
eme hendume. ubade mi ni jui be tacibuci ombi seme

13. uthai teme toktofi jui be tacibuhabi. [18] julge i henduhe
gisun. guculere de urunakô gucu be sonjo. tere de
urunakô adaki be sonjo sehebi. *Kung-ʒe* i henduhengge.
falan gosingga be sain obuhabi sonjofi. gosin de tcrakô
oci. adarame mergen de ombi sehebi. ere adaki be
sonjome bahanaha doro kai [19]

---

[15] Ed. D *x*. 善, «bonne (méthode)» manque dans l'éd. T.

[16] 激公宜 *Ki-kong-i* (le nom de Mencius), qui manque dans l'éd. D, serait à placer en *f* entre 1 et 2.

[17] 墳墓 *cifu mungga*, cimetière. Ed. D *l*, 墳塋 même sens.

[18] 以教其子 *jui be tacibuhabi*, «(elle se fixa dans cet endroit) pour l'éducation de son fils», qui manque dans l'éd. D, serait à placer en *t*, entre 3 et 4. Par contre, la finale 焉 manque dans l'éd. T.

[19] 此善擇隣之道也 *ere adaki be sonjome bahanaha doro kai*, ceci est pour nous apprendre à bien choisir notre voisinage. Le mot «bien 善» n'est pas rendu en mandchou. Ed. D *a* 其此之謂手, c'est le sens de cette citation.

5

14. *Meng-ʒe* [20] i eme an i banjirede. jodoro fororo be baita obuha
bihebi. *Meng-ʒe* mutuha manggi tucifi sefu be dahame
tacire de. holkonde bampi bederere jakade. *Meng-ʒe* i eme
huwesi jafafi homso be lashalaha manggi. *Meng-ʒe* golofi
iyakôrafi baime fonjire jakade. eme hendume. sini tacirengge

15. mini jodoro adali kai. sirge be isabuhai emu
jurhun banjinambi. jurhun be isabuhai emu juxuru banjinambi.
juxuru jurhun be nakarakô oci teni defelinggu banjinambi.
si te enduringge mergese be tacire de. uthai
eimefi bedererengge. uthai mini boso be jodome xanggara
onggolo beye homso be lashalara adali kai sere jakade.

16. *Meng-ʒe* sesulame ulhifi. tereci genefi *Ze-se* [21] i jakade
tacibure be alime gaihabi. endurringge i taccin be sirame
genggiyelhe. golo i beise de iletuleme donjinahangge. [22] gemu
Meng-ʒe i eme i nukibume huwekiyebuhe gung kai. [23]

---

[20] Ed. D *b*, 杼者織機之梭, «*xu* 杼, c'est la navette d'un métier à tisser», manque dans l'éd T.

[21] 而 «et» qui manque dans l'éd. D, serait à placer en *r* entre 徃 et 愛

[22] 顯聞諸侯 *golo i beise de iletuleme donjinahangge*, «il devint célèbre parmi les princes feudataires», qui manque dans l'éd. D, est à placer en *s* après 學

[23] 皆孟母激勵之功也, tout ceci est dû au zêle déployé par la mère de Mencius, et c'est elle qui en a tout le mérite. Ed. D *t* 皆母敎也 ceci est le résultat de l'éducation qu'il reçut de sa mère.

6

Ama i tacihiyan tira be da arara be dahame.

17. tob i tacihiyame tacibure be oihorilaci ojorakô te i
jalan i fafungga ama geren juse be tacibume. gemu sain
gebu be xanggabume mutebuhengge. damu *Deo* hala niyalma
colgorokobi.[24] *Deo-ioi-giyôn* serengge. *Io-jeo* ba i niyalma
Yan gurun i harangga ba ofi. tuttu[25]) tukiyehe gebu
Yan-xan sehebi. ere i tacibure de boo hòwa i

18. dorolon. han i yamun ci cira. dorgi tulergi be seremxerengge.
gung hôwa ci fafungga. ama i juse be taciburengge.
alban sefu ci nimecuke bihebi. *Zo-juwan* bithe de
Xi-kiyo i henduhengge. juse be gosici jurgan i hacin be
tacibu. ume miosihon de[26] isibure sehebi. *Yan-xan* i adali
taciburengge be jurgan i hacin be baha seci ombi kai.

7

19. *Yan-xan* i ba i sunya saisa. *Deo-i. Deo-yan. Deo-kan.
Deo-ceng. Deo-hi.* i nu *Sung* gurun i succungga fon de
gemu gebungge amban amba hafan ofi. jalan halame ini.
ama i boo i doro be tuwakiyame. siran siran i wesihun
derengge de isinahangge. gemu fafungga niyalma i yarhôdame
tacibuha

20. gung kai.

---

[24] 惟 «est»· Ed. D *e* 爲, même sens.
(Voir note 3.)

[25] 故 *tuttu*, à cause de cela. Ed. D *g*
因, même sens.

[26] 於, *de* dans. Ed. D *l* 于, même sens.

8

ama eme juse de jilan akô jalin joborakô. damu

tacibure be ufarara jalin jobombi. juse bifi tacibume muterakô

oci. ama i endebuku kai. [27]

9

21. sefu ungga. deote juse be taciburakô jalin joborako.

damu cira akô jalin jobombi. cira akô oci.

deote juse banuhôxame heoledeme daharakô be dahame. gônin

derishun ofi tacin waliyabumbi. entekengge gemu sefu i

banuhôn heolen i endebuku kai.[28]

10

22. julge i henduhe gisun, juse be ujifi taciburakô oci. ama i

endebuku. yarhôdame taciburengge cira akô oci sefu i banuhôn.

ama i tacibure sefu i ciralara juwe hacin yongkiyaha bime. tacin

fonjin xanggarakô oci. jui i weile sehebi. geli henduhengge. ume

enenggi tacirakô cimaha inenggi bi sere. ume ere aniya

[27] 父 之 過 *ama i endebuku kai,*
c'est la faute du père. Ed. D *d.* 豈 非
父 之 過 乎 « n'est-ce pas la faute
du père?» Ce qui démontre qu'une interogation
négative est bien égale à une affirmation.

[28] 凡 此 皆 爲 師 惰 慢
之 過 也 *entekengge gemu sefu i banu-*
hôn heolen endebuku kai, en général tout cela
est la faute des maîtres paresseux et négli-
gents. Ed. D *f* 此 爲 師 之 過 也,
cela est la faute des maîtres.

23. tacirakô. ishun aniya bi sere. inenggi biya be aname geneci.
ai sakdaha kai. ere we i calabun ni sehebi. aliyaha seme
amcarakô be henduhebi.

11

Jurgan serengge. doro jurgan be. *Lî-jing* ni *Hiyo-gi*
24. bithe de henduhengge. gu be colirakô oci. tetun banjinarakô.
niyalma tacirakô oci. doro be sarkô sehebi. udu
saikan gu bihe seme colirakô nilarakô oci.
tetun banjinarakô ofi. baitalaci ojorakôngge, [29] uthai
niyalma de [30] sain ben bihe seme kiceme tacirakô
fonjirakô ofi. [31] jurgan giyan doro erdemu i ten be [32]
25. same muterakô adali ojoro be dahame. xanggaha niyalma
seci ojorakô kai

[29] 雖 有 美 玉 *udu saikan gu bihe seme*, quoique l'on possède un beau morceau de jade, 不 玉 豕 不 磨 *colirakô nilarakô oci*, s'il n'est pas taillé et poli, 不 成 器 物 *tetun banjinarakô ofi*, il ne deviendra pas un vase, 而 無 所 用 *baitalaci ojorakôngge*, il sera un un objet sans usage. Cette phrase qui manque dans l'édition D est à placer entre les sections *f* et *g*. 玉 ici comme plus haut en *e* doit, ce me semble, être traduit par *jade* et non par *pierre précieuse* qui donne l'idée d'une gemme impropre par ses petites dimmensions à faire un vase. Le mandchou montre que 不 成 ne signifie pas *inachevé*, comme traduit Pauthier.

[30] 猶 人 *uthai niyalma de*, «de même chez l'homme»; qui manque dans l'éd. D, serait à placer en tête de la section *g*.

[31] 而 qui n'est pas rendu en mandchou, doit avoir le sens du caractère 則 «alors», qui se trouve dans l'éd. D en *g*.

[32] 之 由 *i ten*, «fondement (de la vertu)», qui manque dans l'éd. D, serait à placer en *g* après 德

12

Ere juse deo de oho niyalma i doro be gisurehebi. yaya
juse deo de oho niyalma. se asihan i fon i baita akô
26. ucuri. giyan i genggiyen sefu be baime hacilame. sain
gucu de falime guculeme doro yoso dorolon yangse i
baita. niyaman be gosire ungga be ginggulere
doro be urebume giyangname. erdemu de dosime doro be
dasame beye be ilibure fulehe obuci acambi

13

27. Tanggô hacin i yabun i uju. hiyooxun be nenden obuhabi tuktan
tacire urse sarkôci ojorakô kai. seibeni *Han* gurun i
fon de. *Giyang-Hiya* i ba i *Hôwang-Hiyang*. uyun se de uthai
niyaman de giyooxulara be sambihebi. juwari i hôktame halhôn i
ucuri de teisulehe dari. ama eme i jampin *Meng-ʒe* be
28. fusheme cirku jajiri be bolgo seruken obufi galman derhuwe be
goro jailabufi niyaman i amgara de elhe okini seme.
belhehebi. tuweri i cak sere beikuwen i ucuri de. beye i
niyaman i jibehun sishe cirku sektefun be wejebume halhôn
obufi. niyaman i dedure de halukan okini seme belhehebi.
ajigan de hiyooxulahangge uttu. udu abka i banin secibe.
29. jui oho niyalma i doro. yamji tohorombure erde fonjire.

tuweri wenjebure juwari seruken oburengge. giyan i banjinara
doro kai. [33]

14

Ciktan be ujelere giyan be jiramilara de. senggime be [34]
3o. oyonggo obuhabi. ahôn deo i jurgan be ajigan
tacire de seci acambi. *Han* gurun i fon de *Lu* i ba i
Kung-yung teni duin se ome uthai senggime gosire
gingguleme anahonjara doro be sambihebi. tere ucuri ini
boo de xulhe emu xoro benjihengge bifi. geren ahôta temxendume
gairede, *Kung-yung* teile amala tutafi [35]. umesi ajige ningge be
3I. sonjome gaihabi. niyalma inde si ainu damu ajige ningge be
gaiha seme fonjihade, jabuhangge bi ajige jui be dahame
ajige ningge be gaijara giyan sehe. ede tere i emu
hacin i gocishôdame gungneme gingguleme anahônjaha be saci
ombikai.

[33] 理當然也 *giyan i banjinara doro kai* 禮當, c'est ainsi qu'il faut se comporter. Ed. D *i* 禮當然也, c'est ce que les rites exigent de nous. 理 est rendu par *doro* et non par *giyan*. Quoique *giyan* ait souvent le sens de 理 «raison», ici c'est *giyan-i* traduisant 當 «il faut». L'on voit également que *doro* a rites 禮 Mais de quelque manière qu'on traduise le sens général est toujours le même.

[34] 於 *be,* marque de l'accusatif. Ed. D *c* 于, même sens. Ces deux caractères sont en général la marque du locatif.

[35] 而 «et», n'est pas rendu en mandchou. Ed. D *i* 又 même sens.

amala duwali i jobolon de holbome uxabuha[36] manggi. ahôn deo

boo i gubci bucere be temxehebi tese i hiyoxun senggime i tacin

32. minggan jalan de isitala gehun eltehe kai

15

Hiyooxun deocin i doro de niyalma i ciktan be akômbuci

acambi. sara donjire giyan be ajigan tacire de saci

acambi. *Kung-ʒe*[37] i henduhengge. yabume funcehe hôsun bici.

33. xu be taci sehebi. tere hacin be sara be

ton sembi. tere jurgan be ejere be xu sembi.

I-Ging de henduhengge. ambasa saisa nenehe gisun

duleke yabun be ambula ejefi. inenggidari ini erdemu be

icemlembi sehebi. *Kung-ʒe* i henduhengge. ambula donjifi kene-

hunjere be

sulabufi. tereci gòwa be olhoxome gisure. ambula tuwafi

34. jecuhunjere be sulabufi. tereci gòwa be olhoxome yabu sehebi.

ere ni donjiha tuwahangge labdu ojoro, saha ejehengge xumin

ojoro ohode. uthai gisun de wakalan komso. yabun de

aliyacun komso ombi kai.

16

Ereci fusihòn gemu ton be gisurehebi.[38] eiten jaka i ton

---

[36] 連鈎 *holbome uxabuha*, ils furent impliqués. Ed. D *p* 羅鈎, même sens. 禍黨 *duwalini jobolon de*, dans un complot. Ed. D *p* 黨禍, même sens.

[37] 十7圠, Confucius, est écrit 子 dans l'éd. D *e*.

[38] 矣, finale. Ed. D *b* 也, même sens.

35. emu ci deribumbi. emu serengge ton i deribun be.
　juwan serengge ton i duben be. tanggô serengge juwan i jalu-
　　kangge be

17

Juwan jibsibufi jaluci. juwan ubu jaluka manggi tanggô
ombi. tanggô jibsibufi jaluci. juwan ubu jaluka manggi
minggan ombi. minggan jibsibufi jaluci. juwan ubu jaluka manggi [39]
36. tumen ombi. .ere be duleci ton mohon wajin akô ofi
mohobume muterakô kai.

18

Holhi lampa i sukdun weihuken bolgo ningge dele dekdehe be
abka sembi. ujen duranggi ningge fejile toktoho be na
sembi. abka na i siden de eiten jaka geren ergengge i dorgi de
37. damu niyalma umesi wesihun. niyalma eiten jaka i ferguwecun ofi. [40]
yen yang ni sukdun be salgabufi. wembume kôwaxabure doro be
jiramilame. urkuji banjihai jalandarakô. abka na de [41]
teherere jakade. tuttu ilan erdemu sembi.

---

[39] 矣, finale. Ed. D *d*. 也, même sens.

[40] 惟 rendu en mandchou par le verbe *ombi*, être. Ed. D *f* 爲 même sens. (Voir note 24.)

[41] 與天地參 *abka na de teherere jakade*, (la raison) agit de concert avec le Ciel et la Terre. Ed. D *j*. 與天地人. Nous pensons que c'est par erreur que M. Des Michels a mis 人 au lieu de 參 agir de concert, s'accorder, car l'édition chinoise dont il a dû se servir, porte bien 參 Donc 與 avec, serait ici préposition et non le verbe, s'accorder avec.

19

Xun-yang ni simen ofi. inenggi de [42] bulekuxeme. biya
38. yen i muru ofi. dolori de [43] eldeme. sunja usiha
geren usiha. gemu abka de [44] engelefi. eldengge genggiyen
gehun gahôn. fik seme sarame faidafi. xun biya de
teherengge be ilan elden sembi. [45]

20

3g. Hexen serengge xoxogon holbohon be. abka i fejergi i amba
hexen ilan hacin bi. ejen gurun be tuwancihiyame ofi.
amban i hexen sembi. ama boo be [46] tuwancihiyame ofi.
jui i hexen sembi. eigen dorgi be [47] tuwancihiyame ofi.
sargan i hexen sembi, ilan hexen tob oho manggi.
ejen enduringge amban mergen ama gosingga jui hiyooxungga
40. eigen hôwaliyasun sargan dahashôn. ojoro be dahame. abka i fejergi
bolgo elhe. gurun boo taifin necin ombi kai

21

Ere aniya forgon i ilhi be gisurehebi. emu aniya i ilhi be
faksalafi duin forgon obufi. hadaha usiha de acabuhabi.

[42] 於 *de*, dans Ed. D *c*. 于 même sens.

[43] 於 *de*, dans Ed. D *e* 于 même sens.

[44] 乎 *de*, dans Ed. D *f* 于 même sens.

[45] 矣 finale. Ed. D *j* 也 même sens.

[46] 於 *be*, marque de l'accusatif. Ed. D *e* 于 même sens.

[47] 仝 *be*, marque de l'accusatif. Ed. D. *f* 于 même sens. M. Des Michels en fait un locatif. En *e*, il fait également un locatif de 於 que le mandchou traduit de nouveau par *be* marque de l'accusatif.

41. deo usiha i fesin dergi baru jorime. tasha gôlmahôn
    muduri biya de teisuleci. eiten jaka tucinjime banjime ofi.
    ere forgon be niyengniyeri sembi. deo usiha i fesin
    julergi baru jorime. meihe morin honin biya de teisuleci.
    eiten jaka luku fisin ofi. ere forgon be juwari
    sembi. deo usiha i fesin wergi baru jorime. bonio

42. coko indahôn biya de teisuleci. eiten jaka tomsome
    bargiyame ofi. ere forgon be bolori sembi. deo
    usiha i fesin amargi baru jorime ulgiyan singgeri ihan
    biya de teisuleci. eiten jaka yaksime sibume ofi. ere
    forgon be tuweri sembi. duin forgon i xurderengge teyen
    akô. forgoxorongge mohon akô. [48] xahôrun halhôra teodenjeme
    halanjara jakade.

43. aniya i *gung* xanggahabi

22

Ere duin dere i soorin be gisurehebi. tob dergi ergi
tere i cikten niowanggiyan niohon. tere i dai oci. *Di-hao* [49]
tere i enduri oci *Geo-mang* inu. wesihun erdemu moo i

44. feten de bisire be dahame. enteheme de oci gosin
    ombi. forgon be *Cing-yang* sembi tob julergi ergi
    tere i cikten fulgiyan fulahôn. tere i *Di* oci. *Yan di*.
    tere i enduri oci *Ju-yung* inu. wesihun erdemu tuwa i
    feten de bisire be dahame. enteheme de oci dorolon
    ombi. forgon be *Ju-ming* sembi. tob wargi ergi

---

[48] 無 *akô*. Ed. D *o* 不 même sens.   connu sous le nom de *Fou-hi* est écrit 太

[49] L'empereur *Tai-hao* 太昊 plus 日皋 dans l'éd. D *e.*

45. tere i cikten yanggiyan xahôn. tere i *Di* oci *Gin-tiyan*

tere i enduri oci. *Neo-xeo* inu. wesihun erdemu aisin i

feten de bisire be dahame, enteheme de oci.

jurgan ombi forgon be *Be-ʒang* sembi. tob amargi ergi

tere i cikten [50] sahaliyan sahahôn. tere i di oci *Juwan* hioi.

tere i enduri oci *Yuwan-ming* inu. wesihun erdemu muke i

46. feten de bisire be dahame. enteheme de oci.

mergen ombi. forgon be *Siowan-ing* sembi. dulimba i gung

tere i cikten suwayan sohon. tere i *Di* oci *Howang-ti*.

tere i enduri oci *Geo-Lung* inu. wesihun erdemu boihon i

feten de bisire be dahame. enteheme de oci

akdun ombi. forgon de oci faksalafi. duin forgon duin

47. dere de etuhun ombi. ede [51] niyengniyeri juwari bolori

tuweri de. meni meni cohotoi kadalarangge bicibe.

damu boihon dulimba de bifi baita kadalame. duin

dere de gemu acabuhangge kai

23

48. Ere sunja feten i baitalan be gisurehebi.[52] sunja feten i

arbun [53] duin dere de teisuleme duin forgon de

---

[50] Le verbe être 爲 qui se trouve dans l'éd. D *v*, manque dans l'éd. T.

[51] Le temporel 於 *de* dans (telle raison) qui manque dans l'éd. D, serait à placer en tête de *i*. L'initiale explétive *ede*, n'est pas rendue en chinois.

[52] Nous donnons ici le texte chinois de toute la section 23, avec sa traduction en le tirant de l'éd. T, qui diffère sensiblement de l'éd. D, sauf aux paragraphes *I, K, L, M, N, O,* dont nous indiquons les variantes.

此言五行之用也

ce chapitre parle de l'emploi des cinq éléments.

[53] 五行之象. Les figures des cinq éléments.

acabuhabi.[54] sunja enteheme be kemun obufi. sunja hacin i
boco yongkiyahubi.[55] moo de mudangga tondongge bi.[56] tuwa
wesihun mukdembi.[57] boihon de tarimbi bargiyambi.[58] aisin daha-
lambi

halambi.[59] muke fusihôn simembi.[60] ere sunja. feten i erdemu kai.[61]
49. moo de tura taibu tetun agôra ojoro muten bi. [62]

[54] 配 四 方 而 應 四 時
correspondent aux quatre côtés (du monde) et
aux quatre saisons.

[55] 準 五 常 而 具 五 色
les cinq vertus, ainsi que les cinq couleurs
étant fixées.

[56] 木 爲 曲 直 avec le bois on
fait des pièces courbes et des pièces droites.
(Correspond au paragraphe *l* de l'éd. D.)

[57] 火 爲 炎 上 le feu dirige
ses flammes vers le ciel. (Correspond au paragraphe *k* de l'éd. D.)

[58] 土 爲 稼 穡 sur la terre, on
sème et on récolte. Correspond au paragraphe
n de l'éd. D.

[59] 金 爲 從 革 le métal se
transforme (en différents objets). (Corr. au

paragraphe *m* de l'éd. D, où 器 «vases» est
mis à la place de 革 *halambi* qui, avec *da-
halambi* signifie, subir des transformations.

[60] 水 爲 潤 下 l'eau pénètre dans
la terre pour la fertiliser. (Correspond au paragraphe *j* de l'éd. D. 水 曰 潤 下)
L'éd D. au lieu de 爲 *bi*, c'est, emploie le
caractère 曰 «se dit de», aux sections *j, k,
l, m,* et 爰 «consiste dans», à la section *n*.

[61] 此 五 行 之 德 也
telles sont les vertus de ces cinq éléments.
Correspond au paragraphe *o* de l'éd. D.
L'éd. D. place 之 性 «la nature de»
entre 行 et 之.

[62] 木 有 棟 漆 器 物
之 材 le bois se prête à faire des colonnes,
des planches et divers ustensiles.

tuwa de fosoro eldere bujure urebure horon bi.[63]

boihon de banjibure mutubure. yoo deijire fu sahara

tusa bi.[64] aisin de agôra uksin ulin nadan

ojoro aisi bi.[65] muke de burara hungkerere simebure

yombure gung bi.[66] ere sunja feten i baitalan [67] moo

5o. niowanggiyan. tuwa fulgiyan. boihon suwayan. aisin xanggiyan.

  muke sahaliyan. [68]

ere sunja feten i boco. [69] aikabade ishunde banjibure ishunde

anara arbun.[70] *yen-yang* ni forgoxoro ton i somishôn

ba be akômbume fisembume banjinarakô kai [71]

[63] 火 有 照 耀 字 煉 之 威 le feu a le pouvoir de briller et de cuire.

[64] 土 有 生 植 陶 垣 之 利 la terre fait germer, donne la croissance, sert à faire des vases qu'on cuit au feu, et à construire des murailles.

[65] 金 有 兵 甲 財 貨 之 資 le métal sert à faire des armures et toutes sortes d'objets précieux.

[66] 水 有 澆 灌 滋 潤 之 功 l'eau a le mérite d'arroser la terre et de l'humecter.

[67] 此 五 行 之 用 也 tel est l'emploi des cinq éléments.

[68] 木 青 le bois est vert, 火 赤 le feu est rouge, 土 黃 la terre est jaune, 金 白 le métal est blanc, 水 黑 l'eau est noire,

[69] 此 五 行 之 色 也 ce sont là les couleurs des cinq éléments.

[70] 若 夫 相 生 相 尅 象 之 quant à leurs figures qui se produisent et se détruisent.

[71] 陰 陽 術 數 之 微 不 可 得 而 殫 述 也 on ne peut pénétrer jusqu'au fond le sens caché des nombres de l'art du *yin* et du *yang* (c'est-à-dire du principe mâle et du principe femelle.)

24

51. Ere sunja enteheme i erdemu be gisurehebi. [72] uju de gosin
sembi. gosin serengge. niyalma mujilen i erdemu be. onco
sulfa nemeyen uhuken jilan sain xar seme gosirengge.
ere be gosin sembi. jai de jurgan sembi. jurgan
serengge. acabun mujulen i acanarangge be. etuhuki nyangkiyan
   mangga
fili. fafuri lasha dacun kengse. ere be jurgan sembi.

52. ilaci de dorolon sembi. dorolon serengge durun. mujilen i
giyan be. bolgo jingji dulimba tob. gocishôn ijishôn
anahônjan gungnecuke. ere be dorolon sembi. duinci de mergen
sembi. mergen serengge ulhire. mujilen i tucin be sure
genggiyen ulhisu mergen. *Xu-giyan* narhôn kimcikô. ere be
mergen sembi. sujaci de akdun sembi. akdun serengge

53. jiramin. mujilen i da be. unenggi yargiyan to be sijirhôn.
tondo nomhon hôwaliyasun necin. ere be akdun sembi. gosin
jurgan dorolon mergen akdun be sunja enteheme oburengge.
uthai niyalma i inenggidari baitalara an i yabure giyan i
adali oci. [73] farfabuci ojorakô [74] kai

[71] 此 言 五 常 之 德
也 *ere sunja enteheme i erdemu be gisurehebi,*
ce chapitre parle des cinq vertus cardinales.
Ed. D c 五 常 之 理 根 於
性 生 la doctrine des cinq vertus
cardinales a sa racine dans les dispositions
naturelles de l'homme.

talara an i yabure giyan i adali oci, vu que
ces vertus cardinales sont comme le *giyan,*
c'est-à-dire la raison, dont les hommes se ser-
vent chaque jour et suivant lesquelles ils agis-
sent constamment. Manque dans l'éd. D,
serait à placer entre *y* et *z.*

[73] 猶 人 日 用 常 行
之 理 *uthai niyalma i inenggidari bai-*

[74] 不 可 *ojorakô,* on ne doit pas.
Ed. D s 不 容 même sens.

25

54. Ere ninggun hacin i jeku i gebu be gisurehebi. aibe
    ninggun hacin i gebu seci.[75] uju de handu sembi.
    muke i handu. holhon i handu. nayada handu. yeye
    handu be. jai de xuxu sembi. amargi ba i xuxu
    bele de. suwayan xuxu. xanyan xuxu. sahaliyan xuxu bi.

55. ilaci de turi sembi. uthai geren turi i xoxohon gebu.
    amba ajige suwayan. sahaliyan. niowanggiyan xanyan giyangdu.
       biyandu bohori.
    Zan-deo turi i jergingge inu. duici de maise
    sembi. juwari forgon i jeku. maji maise bulangga maise
    mere bi. sunjaci de ira sembi. amargi ba i
    jeku. geli je bele seme gebulehebi. yeye ningge bi.

56. yeye akôngge bi. ningguci de fisihe sembi.
    geli sahaliyan ira seme gebulehebi. wecere juktere bele.[76]
    suwayan ningge bi, sahaliyan ningge bi. yaya. ninggun

[75] 此言六穀之名也 *ere ninggun hacin i jeku i gebu be gisurehebi,* ce chapitre donne les noms des six espèces de céréales 六穀維何 *aibe ninggun hacin i gebu seci,* voici quels sont ces noms. Ed. D *b* 此言穀可食者有六也 dans ce chapitre on dit qu'il y a six sortes de grains que les hommes peuvent manger.

[76] 祭祀之米也 *wecere juktere bele,* c'est le riz (dont on se sert) dans les sacrifices. Ed. D *s* 祭祀之用也 (c'est le riz) dont on se sert dans les sacrifices.

hacin i jeku. gemu abka i banjibufi. niyalma be
ujire jeku kai. [77]

26

57. Ere ninggun hacin i ujima be gisurehebi. [78] morin ujen be
alime goro de isibume mutembi. ihan usin tarime
mutembi. indahôn dobori tuwakiyame jobolon be seremxeme
mutembi.

ere ilan hacin serengge ujifi baitalara de belherengge. [79]
coko honin ulgiyan be ujifi fusembume jetere de

58. belherengge. ujima serengge. ujire be. ere ninggun hacin i
boo i ujima. niyalma i jeterenge ofi. [80] niyalma i ujire de [81]

[77] 之食也 (toutes ces céréales) sont la nourriture que (le ciel a créée pour nourrir les hommes). Ed. D *u* 者也 (toutes ces céréales) sont ce que (le ciel a créé pour la nourriture des hommes).

[78] 六畜之養 (ce chapitre parle) de la nourriture que les six animaux domestiques nous procurent. Le mandchou dit simplement « des six espèces d'animaux domestiques », *ninggun hacin i ujima*. Ed. D *b* 人之所畜養者有六 ceux que l'homme nourrit sont au nombre de six. Dans l'éd. T 畜 est substantif, « animal », et dans l'éd. D il est verbe, « nourrir ».

[79] 此三者畜之以備用 *ere ilan hacin serengge ujefi baitulara de belherengge*, ces trois espèces d'animaux sont nourris pour servir à cet usage. Ed. D *f* 則畜之以備用者 Tels sont les animaux qu'on nourrit pour servir à cet usage.

[80] 家畜非人不食 *boo-i ujima niyalma-i jeterengge ofi*, (ces six espèces) d'animaux domestiques que les hommes mangent, manque dans l'éd. D, serait à placer en *h* entre 2 et 3. Dans cette phrase le mandchou emploie l'affirmation, et le chinois la double négation, « il n'y a pas d'hommes qui n'en mangent ».

[81] 而 explétive, peut se traduire par « alors », mais n'est pas rendue en mandchou. Dans l'éd. D ce caractère est remplacé par le verbe 使 « faire que ».

giyan be bahaci. banjime fuserengge elgiyen ofi.[82] aisi
ojorongge ambulo ombi

27

59. Ere nadan hacin i gônin i axxan be gisurehebi. niyalma
banjinjifi[83] uthai sara bahanara babi.[84] teni[85] same
bahaname nadan hacin i gônin uthai[86] banjinambi. uju de urgun
serengge. urgunjere sebjelere be. jai de jili serengge
jilidara fancara be. ilaci de gasacun serengge. akara
gasara be. duici de sengguwecun serengge, gelere olhoro be.

60. sunjaci de hairan serengge. gosire naraxara be.
ningguci de ubiyacun serengge. hatara ubiyara be.
nadaci de buyecun serengge. doosidara buyere be.
yaya ere nadan hacin i gônin. mergen mentuhun sain
dursuki akô urse de gemu bi. damu enduringge
mergese tob seme tucibume mutembi. tucibuhengge tob oci

---

[82] La conjonctive 而 (Ed. D. *i*), manque dans l'éd. T.

[83] 人 有 此 生 *niyalma banjin-jifi*, quand l'homme naît. Ed. D. *c* 人 之 有 生, même sens.

[84] La finale 也 (Ed. D *c*) manque dans l'éd. T.

[85] 纔 *teni*, lorsque, manque dans l'éd. D, serait à placer entre *c* et *d*.

[86] 則 « alors » (Ed. D *d*), manque dans l'éd. T, mais est rendu dans le mandchou par *uthai*, correspectif de *teni*.

61. enduringge mergese [87] ombi. tucibuhengge cisu oci. jergi niyalma. ombi. [88] tucibuhengge miosihon oci. jalingga [89] niyalma ombi. giyan buyen i sidende olhoxorakô oci ombi o [90]

28

Ere jakôn mudan i kumun [91] be gisurehebi. yaya [92] kumun
62. dorolon de acabumhi [93]. [94] julge [95] i kumun deribuhengge. jakôn

[87] 聖賢 *enduringge mergese (ombi)* (on est) un saint et un sage. Ed. D *n* 君子 (on est) un sage.

[88] 出之以私則 凡比 *tucibuhengge cisu joci, jergi niyalma, ombi,* si on produit ces affections de l'âme dans un but égoïste, alors on ne se distingue pas des autres hommes. Manque dans l'éd. D, serait à placer entre *n* et *o*.

[89] 奺 *jalingga,* dépravé. Ed. D *o* 小 méprisable.

[90] 理欲之間 *giyan buyen i siden de,* (placé) entre nos devoirs et nos désirs, 不可不慎 *olhoxorakô oci ombi o,* en chinois : nous ne pouvons pas ne pas veiller », en mandchou : « avons-nous à ne pas veiller ? » Ed. D. *o g* 循理而窒欲 à remplir nos devoirs et mettre un frein à nos passions, 可不慎乎 pouvons-nous ne pas faire attention ?

[91] 樂 *kumun,* musique. Ed. D. *b* 器 instruments (de musique).

[92] 凡 *yaya,* toute (la musique), manque dans l'éd. D, serait à placer en tête du paragraphe *c.*

[93] 也 finale, manque dans l'éd. D, serait à placer en *e* après le n° 5.

[94] 凡 tous ceux qui. Ed. D *d 1* indiqué par erreur *c 6.* De même dans le texte chinois de l'éd. D de cette section 28, les numéros 6 à 17 du paragraphe *c* doivent être lus n°s 1 à 12 du paragraphe *d* et le paragraphe *d* deviendra en conséquence paragraphe *e.* Manque dans l'éd. T.

[95] 古 *julge,* l'ancienne (musique), manque dans l'éd. D, serait à placer en *d* entre les n°s 1 et 2.

mudan teksilehe manggi. amala kumun teni yongkiyambihebi.

jakôn mudan ai seci. uju de hoto serengge.

hoto hengke[96] be *xeng-ioi* i jergi hacin[97] de baitalambi

jai de boihon serengge. wase tetun be. *siowen*

ci[98] de baitalambi. ilaci de sukô be

63. tungken de baitalambi.[99] duici de moo serengge. moo i

tetun be *ju-ioi*[100] i jergi hacin[101] de baitalambi.

sunjaci de wehe serengge. gu wehe i tetun be

king de baitalambi.[102] ningguci de aisin serengge. hungkerehe

tetun be. *jung*[103] de baitalambi.[104] naduci de sirge serengge.

sirge futa be *kin-xe* de baitalambi. jakôci de cuse

[96] 匏 瓜 *hoto hengke*, calebasse. Ed. D. *f* 瓢 瓜, même sens.

[97] 之 類 *i jergi hacin*, sortes de, manque dans l'éd. D, serait à placer en *g* après le n° 4.

[98] 虎 *ci*, sorte de flûte en bambou, manque dans l'éd. D, serait à placer en *i*, après le n° 3.

[99] 以 (on l'emploie 用) pour (faire 爲). Comme cette préposition manque dans d'autres phrases analogues de cette section, tant dans l'éd. D que dans l'éd. T. l'on voit qu'elle n'est pas nécessaire.

[100] 柷 *cu* 梧 *wu*. Ed. D *m* 梧 *liü* 敔 *yü*, sortes d'instruments de musique. Le *cu* est un tambour qui donne à l'orchestre le signal de jouer et le *yü* est un instrument en forme de tigre au repos ayant sur le dos 27 entailles sur lesquelles on passe rapidement une baguette pour faire cesser la musique.

[101] 之 類 *i jurgi hacin*, sortes de, manque dans l'éd. D, serait à placer en *m*, après le n° 4.

[102] 以 manque dans l'éd. D, serait à placer en *o* entre les n°s 1 et 2, même remarque qu'à la note 99.

[103] 鐘 *jung*, cloches. Ed. D *q* 鐘 鏞 même sens.

[104] 以 manque dans l'Ed. D, serait à placer *q*, entre les n°s 1 et 2, même remarque qu'à la note 99.

64. moo serengge. sihan be [105] ficakô [106] de baitalambi. ere
    jakôn mudan i kumun. [107] *Howang-di* i amban *Yung-yuwan* [108] ci
    toktobufi. sunja *di* ilan *wang* de. meni meni
    kumun i mudan bifi. dergi di de wecere. hutu
    enduri be juktere. mafa ama de doboro. [109] antaha be
    sarilara de baitalaha bihebi. ishunde darabure alibure
65. suitara de. kumun akô oci iletulerakô. wesire wasire
    canjurara anahônjara de. kumun akô oci yabuburakô. [110] halanjame
    deribume selgiyeme hafumbume. acabume hôwaliyabume badaram-
        bume selgiyenerengge.
    unenggi ginggun be yarure. banin gônin be hafumbure
    acinggiyara ebunjire be iletulere. horon dorolon [111] de
    aisilara be dahame. dorolon kumun yongkiyafi. dasan i *gung*

[105] 管 簫 也 *sinhan be,* ce sont les tuyaux qu'on emploie pour faire les chalumeaux et les flûtes, manque dans l'éd. D, serait à placer entre les nos 3 et 4.

[106] 簫 笛 chalumeaux et flûte. Le mandchou traduit ces deux caractères par *ficakô,* flûte. Dans l'éd. D l'on a mis la flûte a six trous 管 *kwan,* au lieu de la flûte a sept trous 笛 *ti.*

[107] 之 樂 *i kumnn,* ce système musical produit (par ces huit sons), manque dans l'éd. D, serait à placer en *v* entre les nos 4 et 5.

[108] 臣 容 援 *i amban Yung-yu-wan ci* (ce système musical fut inventé) par *Jung-yuen* ministre (de l'empereur *Hoang-ti*).

Manque dans l'éd. D, serait à placer en *v* entre les nos 8 et 9. Pauthier appelle ce ministre *Ling-lun.*

[109] 荐 *tsien,* au lieu de 薦 *tsien* est employé ici sans doute par erreur à cause de la similitude du son; car 荐 *tsien* qui veut dire continuer, est rendu d'autre part en mandchou par *doboro,* ayant le même sens que 薦 qui signifie sacrifier.

[110] 不 導 *yabuburakô,* (cela) ne devait pas s'exécuter (sans musique). Ed. D a 不 和 (cela) ne convenait pas.

[111] 禮 *dorolon,* rites. Ed. D c 儀 règles de l'étiquette.

66. xanggambi sehengge. kumun i baitalan i amba be uttu. julge i
niyalma dorolon kumun i baitalan be be uttu. julge i
niyalma dorolon kumun be. majige andan seme. beye ci.
aljaci ojorakô sehengge. enteke be henduhe bikai.

29

Ere uyun uksun i ciktan be gisurehebi. uyun uksun ai
67. seci. uju de da mafa sembi. da serengge. umesi dergi i
gebu. mafa i mafa be. yaya da mafa i
banjiha enen.[112] gemu emu mukôn ofi sunja jalan i dorgi
niyalma sembi. jai de unggu mafa sembi. unggu serengge.
jergileme wesikengge be. ama i mafa sembi. ilaci de banin
mafa sembi. ememu *da fu* sehe. *wang fu* sehengge ama i
68. ama be henduhebi.[113] duinci de ama sembi. ememu
giya giyôn sehe. yan giyôn sehengge. wesihuleme tukiyehengge.
ama ufaraha manggi. *kao* seme tukiyembi. eme ufaraha
manggi *bi* seme tukiyembi. da mafa unggu mafa banin
mafa ama be gemu *kao* sembi. da mama unggu
mama banin mama eme be gemu bi sembi. sunjaci de
69. beye sembi. beye i jingkini sargan be sargan sembi.
asihan sargan be[114] guweleku sembi. ningguci de jui

---

[112] 之 後 *i enen* les descendants qui (sont engendrés par le trisaïeul). Ed. D ƒ 以 後 même sens.

[113] Dans l'éd. T on a négligé de mettre la finale 也 (figurant en *n* 5 dans l'Ed. D)

qui se trouve bien dans les autres phrases analogues de ce chapitre.

[114] 則 *a* 3, « d'autre part », manque dans l'éd. T.

sembi. sargan guweleku de banjihangge. sargan de banjihangge be
da jui sembi. guweleku de banjihangge be geren
juse sembi. nadaci de omolo sembi. jui i jui be.
omolo serengge. siren be holbohon sireneme ishunde ulandufi.
70. siran siran i lakcarakò kai.

30

Beye ci fusihôn. jui omolo bi. jui omolo ci
tucikengge. ilaci jalan i omolo. jai jalan i omolo [115] bi.
jakòci jalan de jai jalan i omolo serengge. omolo i
71. jui be. uyuci jalan de ilaci jalan i omolo [116] serengge
omolo i omolo be. da mafa ci ilaci jalan i omolo [117] de
isitala. uyun jalan sembi. uyun jalan i tucikengge be. uyun
uksun sembi. uksun serengge uksura be. tere i sidende banjiha
fusekengge labdu geren ofi. meni meni haji aldangga
goro hanci i ilgabun bi. ciktan serengge.[118] ilhi be.
72. wesihun fusihòn i ilhi toktofi. facuhòn akò ombi. yaya ere
niyaman mukôn. ahòta deote. amjita eshete.

[115] 玄曾 *jai jalan i omolo* arrière-petit-fils (litt. petit-fils de la dernière géné-ration). Ed. D *c* 元曾, même sens. 玄 et 元 s'emploient l'un pour l'autre à cause de leur synonymie de son, le premier se prononçant *hiouen* et le second *youen*.

[116] 玄孫 *ilaci jalan i omolo*, petit-fils du petit-fils (litt. petit-fils de la troisième génération). Ed. D *f* et *h* 元孫. Même remarque que pour la note précédente.

[117] Même remarque que pour la note 116.

[118] 者 *serengge*, suffixe du nominatif, manque dans l'éd. D, serait à placer après *m* I.

juse [119] omosi. gemu abka i ciktan i emu fulehe i

sekiyen ci tucikengge be dahame. giyan i ujeleme jiramilame

gingguleme hairame ebererakô oci acambi.

31

73. niyalma i ciktan ci tuwahade.[120] uyun uksun i sirame. geli
juwan jurgan bi. emu hacin ama jui sembi.
muse be banjihangge be ama sembi. muse i banjihengge be
jui sembi. ama jui i doro jilan hiyooxun i giyan
gemu abka i banin i baili ci banjinahangge. emu

74. hacin. eigen sargan sembi. haha oci sargan gaire
hehe oci eigen bure. eigen sargan sain acame.
howaliyasun hebengge ijishôn dahashôn ofi. ere be durun obure
wen sembi. emu hacin ahôn deo sembi. neneme
banjihangge be ahôn sembi. amala banjihangge be deo
sembi. fulehe uhe de emu. ahôn oci deote be

75. senggime gosime. deo oci ahôta be gingguleme
kunduleme ofi. ere be gala bethe i jurgan sembi. niyalma
uttu ome muteci. uthai [121] abka i ciktan i sain erdemu
boo howa i ten i sebjen kai

---

[119] Le mandchou traduit 諸父, les pères, par *amjita eshete*, les oncles; 子姪 les fils et les neveux, par *juse*, les fils. Dans l'éd. T on a mis, sans doute par erreur, le caractère 侄 au lieu de 姪.

[120] 觀 *tuwahade*, en examinant. Ed. D *b* 言 on dit. 一之 « cela », n'est pas rendu en mandchou.

[121] 此 « *ci* », n'est pas rendu en mandchou, serait à placer devant 則 *r* 5 dans l'éd. D. — *Uthai*, alors. Ed. D *r* 則 誠 alors certainement.

32

76. Emu hacin gucu gargan sembi. erdemu duwali emu adali be
gucu gargan obuhabi. gonin i acinggiyame acanara. dorolon i
akômbume isibure. ungga asiha i jergi be ilgara
doro gala bethei adali. jurgan buceci banjici sasa.
gônin jobocun sebjen be uhelere be dahame gucu
gargan i doro uttu de wajihabi. uttu akô oci.

77. damu emu erin i isame facame. oilorgideri guculere dabala
gucu sehengge waka kai. emu hacin ejen amban
sembi. ejen serengge amban i da be [122]. amban serengge.
ejen i aisilakô be. ejen i doro. sure genggiyen ulhisu
mergen i irgen de enggelembi. tob cira ginggun sengguwecuke
soorin de tembi. kesi horon onco fulehun i amban be

78. dasambi. amban oho niyalma. gehun genggiyen tob ambalinggô i
mujilen be jafambi. tondo hanja kice be akdun i tuxan be
akômbumbi. nomhon mergen gulu olhoba i dergi be uilembi.
uttu ohode gurun boo hôwaliyasun taifin. dasan i wen
ambarame yabubumbi. uttu akô oci. ejen cokto amban
haldaba ofi. ulhiyen i facuhôn de isinambikai.

33

79. Ama jui eigen sargan. ahôn deo. gucu gargan. ejen
amban. ere be sunja ciktan sembi. ama jilangga. jui

---

122 也 be « c'est », serait à placer dans   cette finale dans d'autres phrases analogues du
l'éd. D après k 5 et après l 5. L'éd. D emploie   même chapitre.

hiyooxungga. eigen hôwaliyasun sargan dahashôn ahôn senggime [123]
deo gungnecuke.

gucu gargan jurgangga akdun. [124] ejen ginggun amban tondo
serengge

juwan jurgan sehengge kai. niyalma uhelehebi serengge. niyalma
tome

80. ere giyan be yongkiyaha be dahame. gemu niyalma i doro i
giyan i yabuci acarangge kai.

34

81. Emu ci juwan ombi sehe ci ede isitala gemu
ton. [125] tere ton be sara be henduhebi. [126] ere ci julesi
gemu tere xu i jurgan be getukeleme tucibuhebi. [127] yaya ere
gemu tuktan tacibure doro sehengge kai. tuktan serengge

[123] 友 *senggime*, amitié. Ed. D *c* 愛 affection.

[124] 義 *akdun*, fidélité. Ed. D *c.* 信 sincérité.

[125] 此 (on arrive) *ede isitala* à ce (résultat). Ce caractère, dans l'éd. D est placé en tête de la phrase suivante 此 皆 屬 於 數, «tout ceci concerne les nombres», qui, dans l'éd. T se lit 皆 數 也 *gemu ton*, ce sont les nombres.

[126] 也 finale. Ed. D 矣 même sens.

[127] 後 est placé entre 此 et 皆 dans l'éd. T, tandisque dans l'éd. D il précède ces deux caractères. Dans l'éd. T il fait corps avec 後 pour signifier «ensuite» *ereci julesi*, tandisque dans l'éd. D il va avec 皆 pour signifier «tous ces (mots)». En outre le mandchou ne rend pas les caractères 識 *e 6* et dit simplement «ces nombres», *gemu tere xu i jurgan be getukeleme tucibuhebi.*

duibuleci orho i tuktan banjire de burubume dalibume fulhurere
    unde i

82. adali. tukfan tacibure doro. giyangnara sibkire be nenden
obuhabi. giyangnambi serengge tere hergen gônin i narhôn ba be
giyangnara be. sibkimbi serengge tere xumin narhôn i somishôn
ba be mohobure [128] be.

35

Sumbi serengge yargiyalame tucibure be. tere i jurgan giyan be
83. kimcime sibki manggi. geli tere i tucihe sekiyen be baicame
temgetu obure ohode. tere i xu jurgan i fulehe be bahaci
ombi.[129] yaya *ging* bithe i jurgan i emu gisun be gisun
sembi. hontoho gisun be meyen sembi. aikabade hergen gisun
hon golmin oci. tere i lakcaha sirabuha sidande majige
tongkime lashalafi. ajige juse i hôlara urebure de ja

84. okini sehengge

36

yaya tacire doro urunakô ilhi aname ibedeci acambi.
tuktan tacire urse urunakô micihiyan ci xumin de
dosimbi. jergi dabaci ojorakô. uttu ohode ja i dosime
tookan akô ombime. hanggabufi hafunarakô jobocun homso ombi.

---

128 窮 *mohobure,* approfondir. Ed. D *k*   tenir l'origine du sens de tous ces caractères.
究 même sens.   Manque dans l'éd. D, serait à placer entre *g* 14
129 庶文義有所本也   et *d* 1.

tere i xu jurgan i fulehe be bahaci, il faut ob-

37

85. Julge i niyalma jakôn se de neneme ajige tacikô de
dosifi. fusure erire acabure jabure dosire bederere doro.
dorolon kumun gabtan jafan bithe ton i *xu* be
tacibufi. tere i jurgan be ulhibufi mujilen de ejebuhengge. uthai
tere xu be ejembi sehengge kai.[130] tuttu *Ju-ʒe*

86. ajige tacikô i [131] bithe be banjibuhangge. amba muru tacihiyan be
ilibure. ciktan be getukelere beye be ginggulere dorgi   .
hexen obume. julge i sain gisun. wesihun yabun be kimcifi
tulergi hacin obuhabi. tacihiyan be ilibumbi serengge. gisun ilibufi.
juse deote be tacihiyara be.[132] ciktan be getukelembi serengge.
gemu niyalma i ciktan be getukelerengge be. beye be ginggulembi

87. serengge. ere beye be gingguleme gungneme gelhun akô
banubôxame heoleterakô be *Ju-ʒe* ere ilan hacin i baita be
akômbume yongkiyame narkônxame getukelehe bime. geli julge be
    kimcire be
nonggihangge. julge i niyalma i tacihiyan be ilibuha ciktan be
getukelehe. beye-be ginggulehe duru be kimcihabi. sain gisun
sehengge. julge i niyalma i tacihiyan be ilibuha. ciktan be

88. getukelehe beye be ginggulehe gisun be isabuhabi. wesihun yabun
sehengge. julge i niyalma i tacihiyan be ilibuha. ciktan be
getukelehe. beye be ginggulehe baita be isabufi yargiyan obuhabi.

---

[130] 即 所 謂 識 某 文 也

uthai tere xu be ejembi sehengge kai, c'est ce
qu'on appelle apprendre, cet article manque
dans l'éd D, serait à placer entre *d* 9 et *e* 1.

[131] 之 *i* marque du génitif, serait à
placer entre *e* 7 et *e* 8, dans l'éd. D.

[132] Ed. D *j* 也 finale, manque dans
l'éd T.

ajigan de tacire de urunakô *Ju-ze* i ajige tacikô be
getukeleme giyangnaha manggi. teni *se-xu* bithe be urebume
giyangnara de.[133] ini cisui mangga akô ombi. *se-xu*

89. bithe serengge. *Luwen-ioi. Meng-ze. Dai-hiyo. Jung-yong* be.
julge ci ere bithe bifi. *Ju-ze* sume arafi. *Se-xu*
obuhabi. *Luwen-ioi. Meng-ze.* ere juwe hacin i bithe.[134] *Tang* gurun
Sung gurun ci ebsi.[135] *Hiyoo-ging. El-ya. Gung-yang.
Gu-liyang.* juwe hacin i juwan. *Jeo-li. I-li.* sunja *ging* be
suwaliyame juwan ilan *ging* obuhabi. *Luwen-ioi. Meng-ze* ere juwe

90. hacin i bithe be cobotoi tacirengge homso. *Jung-yung. Dai-hiyo*
juwe hacin i bithe be. geli *Lii-gi* de dosimbuha bihe.
Ju-ze tucibufi.[136] fiyelen be faksalafi gisun be sume
arafi. *Luwen-ioi Meng-ze* be [137] suwaliyame uheri *se-xu* seme

[133] 可 以 «on peut (s'exercer)», n'est pas rendu en mandchou, serait à placer entre *q* 10 et *q* 11 dans l'éd. D. Quand deux verbes se suivent en chinois, le mandchou a la tendance de rendre d'abord le second. Ainsi 講 習 «expliquer, s'exercer» est rendu en mandchou par *urebume giyangnambi*, s'exercer, expliquer.

[134] 朱 子 集 註 而 成 四 書 也 *Ju-ze sume arafi Se-xu obuhafi*, Tchou-tse en les commentant et en les écrivant a fait ces livres. 論 孟 一 書 *Lun-ioi Meng-ze ere juwe hacin i bithe*, le *Lun-yu* et le *Meng-tse* sont des livres formés de deux sections. Manque dans l'éd. D, serait à placer entre *s* 11 et *t* 1.

[135] Ed. D *t* 5, 6. 論 孟 «le *Lun-yu* et le *Meng-tse*», manque dans l'éd. T.

[136] 朱 子 取 而 *Ju-ze tacibufi*, Tchou-tse prenant (le Ta-hio et le *Tchung-yung*). Ed. D *y* 1, 2, 3 取 學 庸 (Tchou-tse) prenant le *Ta-hio* et le *Tchung-yung*. Donc dans l'éd. T c'est l'objet qui est sous-entendu et dans l'éd. D c'est le sujet. 而 (litt. «et») est la suffixe du participe.

[137] 並 論 孟 *Luwen-ioi Meng-ze be* et y joignant le *Lun-yu* et le *Meng-tse*, Manque dans l'éd. D, serait à placer entre *y* 7 et *y* 8.

gebulehebi. *se-xu* bithe seme gebulehe ci.[138] tacire urse teni

cohotoi tacire be safi. *Kung-ʒe. Zan-ʒe.*[139] *Ze-se. Meng-ʒe*

91. duin enduringge[140] i ulaha alima gaiha sekiyen [141] be ejehebi.

38

Luwen-ioi serengge.[142] *Kung* halai doro be ulaha bithe.

Ci gurun i *Luwen-ioi* bi. *Lu* gurun i *Luwen-ioi* bi.

Ci gurun i *Luwen-ioi* jilan de tucinjiha ba akò. te

yabuburengge. *Lu* gurun i *Luwen-ioi* inu. dergi fejergi uheri.

92. orin fiyelen

39

Luwen-ioi serengge. *Kung-ʒe* i xabi *Ze-hiya. Ze-jang. Ze-io.*

jai *Zeng-ʒe. Min-ʒe* i xabise i enduringge niyalma i gisun yabun.

tacibuha yarhòdaha jabuha fisembuhe[143] gisun be ejehengge.

Ju-ʒe ere be *se-xu* bithe i uju obufi sume arahabi.

---

[138] 而 «*est*», n'est pas rendu en mandchou, serait à placer dans l'éd. D entre *z 6* et *z 7*.

[139] 顏 *Yan-(ze)*, Yen-tse. Ed. D z 曾 *Tseng-(tse)*.

[140] 四聖 *duin enduringge*, les sages. Ed. D z 聖賢 les saints et les sages.

[141] 源 *sekiyen*, les sources. Ed. D z 源流 les courants des sources.

[142] 乃 «c'est», manque dans l'éd. D, serait à placer entre *b* 2 et *b* 3. 乃 se trouve bien dans l'éd. D au chapitre suivant en *b* 3 dans une phrase analogue. Mais M. Des-Michels le traduit par «certainement» et «c'est» serait sous-entendu.

[143] 述 *fisembuhe* publier, mettre par écrit, au lieu de 還 (Ed. D *b*) qui joint à 答 signifie «réponses».

40

93. *Meng-ʒe Jan-guwe* i fon de. *Ci* gurun. *Liyang* gurun de
xurdeme gisureme.[144] doro yaburakȯ ojoro jakade. bederefi *Zeo*
gurun de tehebi. xabi *Gung-sun-ceo*. *Wan-jang* ni jergi
urse. *Meng-ʒe* i bithe banjibufi dergi fejergi[145] nadan fiyelen bihebi.

94. doro serengge. abka i fejergi julge te i uhe i yabure amba
doro.[146] erdemu serengge. enduringge mergese i beye yabure mujilen
    i erdemu.[147]

gosin serengge. beye *gung* oburakȯ bime. abka i fejergi
dahambi. jurgan serengge beye aisi serakô bime.
abka i fejergi dayanjimbi. *wang* be wesihuleme *ba* be fusihȯlame.
abkai giyan be bibume. niyalma i buyen be lashalame. abka i

95. jergi be wesihuleme. amba niyalma be oihorilame. *Yoo Xȯn* i doro
waka oci. ejen de tuciburakȯ. gosin jurgan i gisun waka.
oci. wesihuleme leolerakô sehengge inu.[148]

---

[144] 說 *gisureme* (voyager) en répandant sa doctrine, serait à placer dans l'éd. D entre *b* 8 et *b* 9; par contre 於 (éd. D *b* 9) (voyager) « dans », n'est pas rendu dans l'éd. T.

[145] 上 下 *dergi fejergi* première et seconde partie (d'un livre), serait à placer entre *e* 3 et *e* 4 dans l'éd. D.

[146] 之 大 道 *amba doro*, le grand chemin, serait à placer à la suite de *f* 9 dans l'éd. D où il est sous-entendu.

[147] 之 心 德 *mujilen i erdemu*, (c'est) la vertu du cœur. Ed. D *g* 所 心 得 (c'est) ce qu'on acquière dans son cœur.

[148] La fin de ce chapitre diffère presque entièrement des paragraphes *h, i, j* et *k* de l'éd. D. 仁 者 *gosin serengge*, l'humanité. 不 自 爲 功 *beye gung oburakô bime*, c'est travailler non pour soi 而 天 下 歸 *abka i fejergi dahambi*, mais pour les autres. 義 者 *jurgan serengge*, la justice 不 自 爲 利 *beye aisi*

41

Kung-gi [149] serengge *Kung-ʒe* i omolo. *Be-ioi* i jui. tukiyehe gebu

96. *Ze-se*. te i bithe i urse. [150] fisembuhe enduringge seme tukiyehebi.

Jung-yong ni emu bithe be arahabi. uheri [151] gôsin ilan

fiyelen. *Ceng-ʒe* i henduhengge. urhu akô be dulimba sembi.

halarakô be an sembi sehebi. *Ju-ʒe* i henduhengge.

dulimba serengge dabali akô eberi akô sere gisun.

serakô bime, c'est ne pas s'approprier tout le profit de son travail. 而 天 下 往 *abka i fejergi dayanjimbi*, mais en faire bénéficier les autres 如 尊 王 *wang be wesihuleme*, par exemple, c'est honorer son roi 賤 霸 *ba be fusihôlame*, et mépriser l'usurpateur. 存 天 理 *abka i giyan be bibume*, c'est faire son devoir (tracé par le ciel) 絕 人 欲 *nijalma i buyen be lashalame*, c'est fuir les passions humaines. 貴 天 爵 *abka i jergi be wesihuleme*, c'est vénérer les institutions divines. 藐 大 人 *amba niyalma be oihorilame*, c'est mépriser les grandeurs 非 堯 舜 之 道 *Yoo Xôn i doro waka oci*, ne pas suivre les principes de *Yao* et de *Chun*. 不 以 陳 于 君 *ejen de tuciburahô*, c'est ne pas donner à son souverain de salutaires avertissements 非 仁 義

之 言 *gosin jurgan i gisun waka*, ne pas faire cas des paroles d'humanité et de justice 不 以 尙 乎 論 是 也 *wesihuleme leolerakô sehengge inu*, c'est ne pas le conseiller.

[149] Ce petit fils de Confucius s'appelle 孔 伋 *Kong-ki* dans l'éd. T et 子 思 *Tse-se* dans l'éd. D. Toutefois l'on ajoute dans l'éd. T que son surnom était 子 思 *Tse-se*, et dans l'éd. D que son petit nom était 伋 *Ki*.

[150] 今 之 儒 者 *te i bithe i urse* les lettres actuels Ed. D *d* 學 者 les lettrés.

[151] 一 篇 凡 *emu bithe be (arahabi) uheri*, (il a fait) le livre (du *Tchung-yung*) qui contient en tout (33 chapitres), serait à placer entre *e* 3 et *e* 4 dans l'éd. D.

an serengge. entcheme an be. [152] tere i gisurehengge gemu

97. niyalma i beye i inenggidari baitalara de [153] majige andan seme
aljaci ojorakô doro. tere i hacin umesi ambula. tere i
giyan umesi narhòn. ambasa saisa i doro leli bime
somishôn sehengge inu. [154]

<h2 style="text-align:center">42</h2>

98. *Zeng-ꝗe* i gebu *Xen.* tukiyehe gebu *Ze-ioi* [155] *Kung-ꝗe* i xabi.
  Kung-ꝗe i
emu i hafumbi sehe doro be ulahabi. tacire urse
songkoloho enduringge seme tukiyehebi. *Dai-hiyo* i emu bithe be
arahabi. amba tacikô serengge. amba niyalma i tacka be. tere i

---

[152] 朱子曰 *Ju-ze i henduhengge*
Tchou-tse dit 中者 *dulimba serengge,*
le Milieu 無過不及之稱
dabuli akô eberi akô sere gisun a le sens de
« ni trop ni pas assez » 庸 *an serengge*
Invariable 平常也 *entcheme an*
signifie ce qui est constant et durable. Toute
cette phrase qui manque dans l'éd. D serait à
placer entre *g* et *h.*

  [153] 於 « concerner », est sous-entendu
dans l'éd. D et serait à placer après *h* 3.
身 *beye,* le corps humain. Ed. D *h.*
生 la vie (des hommes). 而 « et »,
serait à placer après *h* 7 dans l'éd. D.

[154] La fin de ce chapitre diffère complètement de l'éd. D aux paragraphes de *i* à *m.*
其端甚廣 *tere i hacin umesi*
ambula, la doctrine (du *Cung-yung*) est très
vaste 其理至微 *tere i giyan*
umesi narhòn, ses principes sont très subtils.
所謂君子之道費而
隱是也 *ambasa saisa i doro leli*
bime somishôn sehengge inu, ce qu'on appelle
la règle de conduite des sages, est chose vaste
et profonde.

  [155] 是 « c'est », serait à placer dans
l'éd. D. devant *e* I.

hecen. genggiyen erdemu be genggiyelere. irgen be icemlere umesi
sain de ilinara de bi. tere i hacin. jaka be

99.   ḥafure. sara be akômbure. gônin be unenggi obure. mujilen be
tob obure. beye be dasara. boo be taksilere. gurun be
dasara. abka i fejergi be necin obure de bi. ere
cohome enduringge ojoro kicen. tacire urse i oyonggo baita kai.
Ju-ʒe emu ging juwan juwen obume faksalahabi. tuktan tacire
urse i erdemu de dosire duka be henduhebi. tuwaci *Kung-ʒe* i

100.   doro. *Zeng-ʒe* i teile tere i da be bahabi. *Ze-se* i
tacin. *Zeng-ʒe* be de arahabi. *Meng-ʒe Ze-se* i jakade tacibure be
alime gaihabi. ere bithe de neneme *Kung-ʒe Meng-ʒe* be
leolefi. amala *Ze-se* de isibufi. *Zeng-ʒe* be elemangga umesi
amala obuhangge ainu seci. ainci ere bithe damu tere
fon i jergi ilhi be tuwame gisurehengge dere. *Luwen-ioi*

101.   *Meng-ʒe* neneme toktoho bithe bi. *Yung-yong. Dai-hiyo* serengge.
Lii-gi i bithe i dorgi de bisire fiyelen i gebu. *Jung-yong.*
Lii-gi i gôsin emuci fiyelen de bi. *Dai-hiyo Lii-gi* i
dehi juweci fiyelen de bi. *Ju-ʒe* tucibufi fiyelen
gisun acabufi *se-xu* bithe de dosimbure jakade arara
urse tuttu ilhi obuhabi

43

102.   Ere bithe hôlara ilhi be gisurehebi. *Hiyoo-ging* serengge.
julge i juwan ilan *ging* ni emu hacin inu. *Zeng-ʒe Kung-ʒe* i
fonjiha jabuha gisun be fisembure de. *Hiyoo-ging*[156] ni juwan

---

[156] 孝 *Hiyoo*, le *Hiao (king)* (le livre) de la Piété filiale, serait à placer après *d* 10
dans l'éd. D.

jakôci fiyelen banjibufi. hiyooxun i doro be getukelehebi. tacire urse

103. *se-xu* bithe be urebuhe manggi. giyan i neneme *hiyoo-ging* ni
bithe be hôlame. jui oho niyalma i doro be saha
sehe-de. amala ilhi aname minggun *ging* ni bithe be
hôlaci acambi.

44

104. Ere ninggun *ging* ni bithe i hacin be gisurehebi. *I-ging*
Xu-ging Xi-ging Côn-cio. Jeo-lii. Lii-gi ere-be ninggun
ging seme gebulehebi. tacire urse giyan i urebume giyangname
sibkime baici acarangge. tere fon de *Jeo-lii* be ninggun *ging* de
dosimbuha bihe. te *Lii-be* meitere jakade. sunja
ging ohobi [157]

45

105. *I-ging* ni tacin [158] ilan hacin bi. uju de *Liyan-xan*
seme. *Fu-hi* i araha *I-ging* inu. *Gen* be
uju obuhabi. alin i arbun. jai de *Gui-ʒ'ang* sembi.
Yan di i araha *I-ging* inu *Kun* be uju

106. obuhabi. na i arbun. ilaci de *Jeo-i* sembi *wen*.
Wang ni araha *I-ging* inu. *Kiyan* be uju obuhabi.
abkai arbun. *Lyan-xan. Z'ang* juwe hacin *I-ging*.

---

[157] La finale 矣 du paragraphe *e* ainsi
que le paragraphe *f* manque dans l'éd. T.
[158] 之學 *ni tacin* « l'étude de »,
serait à placer dans l'éd. D après *b* 3. Par
contre 之書 « livre de », serait à placer
après 易 dans l'éd. T, où il est sous-entendu. Le sens complet serait donc « L'étude
du livre des transformations ».

.*Cin* gurun i tuwa de deijibuhe be dahame. dahôme kimcici

ojorakô. [159] ten i yabuburengge *Jeo-i* inu. ere i

ninju duin *guwa* i arbun *Fu-hi* ci deribuhebi. *Guwa-ʒ'e*

107. *Tuwan-ʒe. Wen-wang* ni banjibuhangge. *Guwa*. i *Yoo-ʒ'e. Jeo-*

.*gung* ni banjibuhangge. *guwa* i arbun. *Yoo* i arbun. *Wen-yan.*

dergi fejergi *He-ʒ'e. Kung-ʒe* i banjibuhangge. duin enduringge be

dulembufi teni yongkiyaha *I-ging* bithe xanggahabi. [160] *I-*

ging be sume araha bithe i urse ambula ofi ejeme

muterakô. te damu *Ceng-ʒe* i *I-juwen. Ju-ʒe* i *Ben-i* be

108. baitalahabi. *Cin* gurun *Xi Xu* bithe be deijire de. damu

I-ging be *guwa* tuwara bithe seme deijihekôbi. ,

46

Xu-ging bithe de duin hacin bi. [161] *Ioi* gurun *Hiya*

gurun. *Xang* gurun *Jeo* gurun duin jalan i bithe kai.

109. *Diyan-mo. Hiyôn-gao. Xi-ming* serengge. gemu *Xu-ging*

[159] 滅 于 秦 火 *Cin gurun tuwa de deijibuhe be dahame,* comme ces deux parties (du *Y-king*) ont été détruites dans l'incendie ordonné par l'empereur *Thsin-chi hoang-ti.* 不 可 復 考 *dahôme kimcici ojorakô,* « on ne peut chercher à les reconstituer ». Cette phrase, qui manque dans l'éd. D, serait à placer après *o* 12. Par contre la fin du paragraphe *o* de 7 à 12 manque dans l'éd. T.

[160] 也 finale du paragraphe *u,* manque dans l'éd. T.

[161] 有 四 *duin hacin bi* (dans le *Xu-king*) il y a quatre parties, serait à placer après *b* 3 dans l'éd. D. Par contre 者 *b* 3 suffixe du nominatif serait à placer après 經 dans l'éd T.

bithe i fiyelen i gebu. *Diyan* serengge enteheme be. enteheme
bime halaci ojorakô ofi. *di wang* sei hese be
alime gaiha bithe obuhabi. *Yoo-diyan Xôn-diyan* i
gesengge inu. *mo* serengge. hebexere be. ujulaha ambasa
tuwancihiyame wehiyeme hebexeme bodome. enduringge dasan
   de aisilarangge.

110. amba *Ioi I-ji* i *mo* i gesengge inu. *hiyôn* serengge
tacibure be. ujulaha ambasa ejen be yarhôdame jombume
hamirakô ba be tuwancihiyarangge. *I-hiyôn* i gesengge inu. *gao*
serengge alara be. [162] *wang* oho niyalma fafun xajin be
ambasame tucibufi. abka i fejergi de ulhibume alame. ice
dasan be selgiyerengge. *Jung-hôi* fiyelen de bisire *gao*.

111. *Da-gao. Kang-gao. Xoo-gao. Jio-gao* i gesengge inu.
xi serengge akdun be. ejen oho niyalma abka i
dailara be gingguleme yabure de. jiyanggiyôn de afabure
cooha de fafulara. *xang* be akdun. erun be
tang seme obure gisun. *Gan-xi. Tang-xi. Tai-xi.*
Mi-xi. Cin-xi i gesengge inu. afabumbi serengge

112. takôrara be. ejen oho niyalma ujulaha ambasa de dabtame
hese fafun be selgiyerengge. *Fu-yuwei*. [163] *Wei-ze* fiyelen de

---

[162] 告 *alara*, « avertir ». Ed. D k 召
même sens.

[163] L'éd. T porte 傅說 et d'après
le mandchou, *Fu-yuw i* serait le nom d'un
chapitre du *Chou-king*, tandisque dans l'éd. D
ce chapitre serait intitulé 說 命 *Yue-ming*.

bisire *ming*. *Kang-wang*. [164] *Gu-ming*. *Wei-ʒe*. [165] *Wen-heo.*

fiyelen de bisire *ming* ni gesengge inu. julge i fonde

hashô ergi suduri hafan baita be ejeme. ici ergi

suduri hafan gisun be ejeme. baita be *Côn-tsio* i adali.

113. gisun be *Xu-ging* ni adali obufi. abka i jui i

dorgi ba de asarabume ofi. tuttu geli *Xang-xu* bithe

sembi. [166] *Kung-ʒe* duin jalan i bithe be [167] meitefi. uheri

---

[164] L'éd. T mentionne ici un autre chapitre du *Chou-king* intitulé 康王 *Kang-wang.* qui n'est pas indiqué dans l'éd. D et qui serait à placer en *p* entre 16 et 17.

[165] Sur l'éd. T est indiqué le chapitre 微子 tandisque l'éd. D. (p. 17. 20) porte le chapitre 蔡仲 *Tsai-t-chong.* Le 21. 22 *p* 之命 de l'éd. D est sous-entendu dans l'éd. T.

[166] *Julge i fonde* 古者 dans l'anti-quité, *hashô ergi suduri* 左史 l'histo-rien de la gauche *hafan baita be ejeme* 記事 consignait les affaires du gouverne-ment, *ici ergi suduri* 右史 l'historien de la droite, *hafan gisun be ejeme* 記言 consignait les discours officiels, *baita be Côn-tsio i adali* 事如春秋 ces affai-res sont comme celles qu'on trouve dans le *Tchun-tsieon gisun be Xu-ging ni adali obufi* 言如書經 ces discours cor-respondent à ceux du *Chou-king, abkai juii dorgi ba-de asalabume ofi* 藏于天子之省掫 ces pièces sont con-servées dans les archives de l'empereur, *tuttu geli Xang-xu bithe sembi* 故又曰尚書 c'est pourquoi elles portent aussi le nom de *Chang-chou.* Ce passage serait à placer après *q* 28 dans l'éd. D. — 昔書 « autrefois » manque dans l'éd. T.

[167] 四代之書 *duin julan i bithe,* c'est le livre des quatre premières dynas-ties (que Confucius corrigea). Ed. D *q* 5 書 c'est le livre (le livre par excellence, le *Chou-king*). Ed. D *r* 斷自唐虞 Confucius divisa cet ouvrage à partir de *Pang* et de *Yu,* manque dans l'éd. T.

tonggô fiyelen i dorgi dulin taksibuhabi. [168] amala *Cin* gurun *ging xu* bithe be [169] efuleme deijihe. [170] *Han* gurun i *Wen-di* i fon de hese i bithe cagan be baire de. uyunju se i

114. sakda bithe i niyalma *Fu-xeng* [171] anggai *Xang-xu* bithe [172] susai jakôn fiyelen be tacibuhabi [173] *U-di* i fon de. uksun [174] *Lu Gung-wang. Kung-ze* i fe fajiran [175] be efulefi [176]

[168] 僅存其半 *(tanggô fiyelen i dorgi i) dulin taksibuhabi* (de ces cent chapitres) il ne reste que la moitié, serait à placer dans l'éd. D après *r* 7.

[169] 經書 les livres sacrés et les annales (en mandchou *xu bithe be*, les annales). Ed. D *s* 詩書 le livredes vers (le *Chi-king*).

[170] 焚毀 *efuleme deijihe* (sous la dynastie des *Thsin*) on brûla. Ed. D *s* 焚 même sens.

[171] 詔求書籍 *hese i bithe cagan be baire de*, Par ordre de l'empereur on rechercha les livres (qui pouvaient avoir échappé à la destruction), serait à placer après *t* 4 dans l'éd. D. 濟南 *t* (manque dans l'éd. T.) A *Tsi-nan* (il y avait) un vieillard lettré 老儒 *sakda bithe i niyalma* (appelé *Fou-seng*), (serait à placer après *t* 7 dans l'éd. D.), qui avait une grande réputation. 名

勝者 Ce passage *t* de l'éd. D manque dans l'éd. T.

[172] 鼂錯尙 *t* d'une manière exacte (manque dans l'éd.T). (Vingt-huit chapitres) du *Xang-xu*. 尙書 serait à placer après *t* 19 dans l'éd. D.

[173] 以其上古之書 à cause de la grande antiquité de ce livre 故謂之尙書 on l'appelle le *Xang-xu*, l'ancien livre 又河內好 en outre une jeune fille d'en-deçà du fleuve 獻 présenta 泰誓一篇 le chapitre *Tsin-ci* (30e du *Xu-king*). Ce passage *u* de l'éd. D manque dans l'éd. T.

[174] 宗室 *uksun* prince héréditaire on de la famille impériale, à placer après *x* 3 dans l'éd. D.

[175] 壁 *fajiran* mur. Ed. D *x* 宅 maison.

[176] Ed. D *y* 於壁中 dans le mur, manque dans l'éd. T.

baha *Kung-ʒe* i [177] asaraha *Xang-xu* bithe[178] *Fu-xeng* ni tacibuhangge ci encu akô. [179] *Ju-ʒe* i xabi *Z'ai-cen* sume arahabi.[180] *Kung-ʒe* i fajiran ci tucire jakade. tuttu fajiran i

115. *ging* sehebi.[181]

47

Jeo-lii bithe serengge. *Jeo-gung* ni arahangge. *Gung* ni hala *Gi*. tuttu *Gi-gung* sembi.[182] *Wen-wang* ni jui *U-wang* ni deo. *Jeo-lii* emu bithe serengge. *Jeo* gurum i

116. emu jalan i hafan sindara tuxan dendere kooli obuhabi. *tiyan-guwan-jung-ʒai. di-guwan-se-tu. cun-guwan-ʒung-be. hiya-guwan se-ma. cio-guwan-se-keo.*

[177] 孔 子 *Kung-ʒe,* Confucius. Ed. D *y* 其 il.

[178] 尙 書 *Xang-xu, le Chang-chu.* Ed. D *y* 古 文 虞 夏 商 周 之 書 les annales en caractères antiques des dynasties, *Yu, Hia, Xang, Ceu.*

[179] 與 伏 生 無 異 *Fu-xeng ni tacibuhangge ci encu akô,* or il se trouva que cet écrit ne différait en rien de la dictée de *Fou-seng,* à placer après *y* 15 dans l'éd. D. 孔 安 國 *Kong-an-kue* 考 論 en fait un examen critique 增 多 et ajouta 伏 生 (au *Chou-king* de *Fou-seng*) 二 十 五 篇 vingt-cinq chapitres. Ce passage *z* de l'éd. D manque dans l'éd. T.

[180] Ed. D *a'* 爲 之 (集 註) il en fit (un commentaire), manque dans l'éd. T.

[181] 以 其 出 於 孔 壁 *Kung-ʒe i fajiran ei tucire jakade,* parce que on l'avait sorti du mur de Confucius 故 謂 之 壁 經 *tuttu fajiran i ging sehebi,* on l'appela le livre du mur, serait à placer après *a'* 10.

[182] 古 曰 姬 公 *tuttu Gi-gung sembi,* c'est pourquoi on l'appelle le prince *Ki,* serait à placer après *d* 4.

dung-guwan-se-kung [183] bisire jakade. tuttu ninggun
hafan sembi. ninggun *king* ni adali. abka i jui
dergi de [184] fir seme joolafi. ninggun *king* [185] fejergi de [186]

117. tuxan dendeme. hexen hergin be akômbume selgiyeme. durun
kemun be faksalame toktobure jakade. baita dasabuhakongge akô.
dasan tuwancihiyabuhakongge akô ofi. abka i fejergi necin
oho bihebi. *Cin* gurun *xi xu* bithe be
efulefi. *Jeo-lii* bithe be baitalakô bithe. amala
Han gurun de isinjifi bithe be baire jakade

118. teni tucinjihe *Dung-guwan* i hacin be waliyabuha turgun de. *Han*
gurun i bithe i niyalma *Kao-gung-gi* be jafafi niyecehebi.
Sung gurun i jalan de saisa be sonjoro de
baitalambihebi. te baitalarakô.

48

119. *Lii-gi* i emu bithe be *ging* seme tukeyehekôngge sunja
ging gemu enduringge niyalma i beye i arahangge. ere serengge
amala bithe i urse i nenche enduringge i gisun be fisembume
xanggabuha bithe ofi. tuttu *gi* seme tukiyehe. *ging*
seme tukiyehekôbi. amba *Dai* serengge. *Han* gurun i bithe i
niyalma *Dai-de* inu. ajige *Dai* serengge. *Dai-de* i

---

[183] (司) 空 *kung,* (ministre) des.
travaux publics, est écrit 工 *kung* dans l'éd.
D *g* 25, mais l'original chinois porte bien 空.

[184] 於 *de* «dans», est écrit 于 *yu* dans
l'éd. D *j* 5.

[185] 卿 *king,* ministre. Ed. D *h* 官
kuan, magistrat.

[186] 於 *de,* dans, est écrit 于 *yu* dans
l'éd. D *j* 11.

120. akôn i jui *Dai-xeng* inu. *Dai-de* i isabuha
      julge i dorolon kumun geren bithe emu tanggô jakônju
      fiyelen be ekiyeniyeme toktobufi jakônju sunja fiyelen obuhabi
      te *Da-dai-Lii-gi* seme gebulehebi. ajige *Dai*
      geli meiteme toktobufi dehi uyun fiyelen obufi bithe
      xanggabuhabi *Dai-hiyo Jung-yung* be inu ede [187] kamcihabi
121. *Yuwan* gurun i bithe i niyalma *Cen-hoo*. *Lii-gi-Ji-*
      xu seme sume arahabi. *Da-dai-Lii-gi* be
      te yabuburakô. damu *Siyoo-dai* i *Lii-gi* be
      sunja *ging* de dosimbuhabi.

49

122. *Xi-ging* ni doro duin hacin bi. uju de *Guwe-*
      fung sembi. niyalma i an i uculere *xi*. golo i beise
      sonjofi abka i jui de jafahabi. [188] abkai jui alime gaifi
      kumun i hafan de afabuhangge. tere ci an kooli i sain
      ehe be kimcici. dasan i baita i jabxaha ufaraha ba be sahabi [189]
      jai de *Siyoo-ya* sembi. goloi beise *king-dai-fu*
123. hafasa abka i jui de hengkilenjime acanjire. jai geren
      gurun i ejete. *wang* ni ambasa be joboho seme okdoro
      takôrara elcin de duribumbi. ilaci de *Da-ya*
      sembi. abka i jui goloi beise *king xi* hafasa be
      sarilara. jai *gung king* hafasa *wang* ni yamun de

---

[187] 於 (annexé) à, est écrit 于 dans l'éd. D *j* 7. Le mandchou rend 於篇之數 à ce nombre de chapitres, par *ede* à cela.

[188] 貢 *jafahabi* offrir. Ed. D *d* 貫 même sens.

[189] 焉 *e* finale, manque dans l'éd. T.

hengkilenjire. [190] isabufi sarilara. tucibure fisembure de deribumbi. *ya*

124. sehengge. tere i doro tob cira fujurungga yangsangga. *guwe-
   fung* ni mudan ci encu. dui ci de *sung* sembi.
   abka i jui *giyoo miyoo* de wecere jukteren de. nenehe
   wang nenehe *gung* be muktame saixaira kumun i fiyelen. *Lu-
   sung Xang-sung* kamcihabi. uheri duin *xi* sembi. tacire
   urse gingsime hôlame ferguweci acambi. *Cin* gurun i tuwa de
125. deijibuhe amala. *Han* gurun i bithe i niyalma *Moo cing*
   kimcime toktobufi bithe xanggabuhabi. ememungge *Moo-xi* sembi.
   Ju-ze sume arahabi.

50

Meng-ze i henduhengge *wang* niyalma i songko mukiyefi *xi* gukuhe
126. *xi* gukuhe manggi. teni [191] *Côn-tsio* be araha sehebi.
   wang niyalma i songko serengge. *Wen-wang U-wang* ni doro kai.
   Wen-wang ni bodogon. *U-wang* ni *gung*. *Ceng-wang Kang-
   wang* ni wesihun jalan. *Geo-gung Xoo-gung* ni amba *gung*
   jai *bin-fung* ci fukjin deribuhe [192] doro. *Siowan-wang*.
   dulimba ci mukdehe bade isitala. gemu duin *xi* i fiyelen de

[190] 朝 (l'empereur qui) reçoit dans son 宴會 (Ed. D i 會宴) palais et et invite à un repas (les grands dignitaires), est rendu en mandchou par *kengkilenjimbi*, se rendre auprès de l'empereur pour lui présenter ses hommages.

[191] 而 Ed. D *e* 然 avec 後 qu'il précède, signifie «et ensuite». Le chinois dit : « Les poésies furent détruites et ensuite », tandisque le Mandchou dit «lorsque *manggi*, les poésies furent détruites, alors *teni*».

[191] 肇 *fukjin deribuhe*, le commencement. Ed. D *f* 肇 le tranfert (de l'empire).

127. tucibuhebi. ere *wang* niyalma i songko. *xi* i turgunde taksiha kai

dergi de gurihe ci ebsi. kumun i hafan *xi* be

tuciburakô ofi. *guwe-fung* gukuhebi. goloi beise abka i

jui de kengkilenjirakô ofi. *siyoo-ya* gukuhebi. abka i

jui goloi beise be sarilarakô ofi. *da-ya*

gukuhebi. goloi beise wecere de aisilarakô ofi. *sung*

128. gukuhebi. *xi* gukuhe be dahame. *wang* niyalma i songko muki-

yehe kai

tuttu *Kung-ʒe* dergi *Jeo* gurun i dube i forgon de banjire

wakade. *wang* ni dasan yabuburakô. goloi beise gônin i

cika i salime yabuha de korsome. tereci *Wei* gurun ci

Lu gurun de bederefi. *Côn-cio* be arafi *wang* ni

wen be tuwancihiyaha. *Côn-cio* serengge. *Lu* gurun i *xi-gi* [193] i

129. fe gebu. duin forgon gemu yongkiyahabi. damu *Côn-*

cio be teile tucibume gebulehengge. niyengniyeri banjire bolori

wara jurgan be gaifi. *wang* niyalma i amba toose be

baktambuhangge kai. *Jeo* gurun dergi de eberehe. [194] *Côn-*

cio bithe. *Lu* gurun i *Yen-gung* ni sucungga aniya ci

deribufi. *Ping-wang* ni dube i forgon de teisulebuhe be

130. dahame. dergi *Jeo* gurun i deribuhe *wang* ohobi. *Yen-gung*

Howan-gung. Juwang-gung. Min gung. Hi-gung. Wen-gung.

Siowan-gung. Ceng-gung. Siyang-gung. Joo-gung. Ding gung.

Ai-gung be dulembufi. *ki-lin* be baha de isitala.

arara be nakaha. *ki-lin* sabuhangge forgon waka de korsome.

---

193 史 記 chronique. Ed. D *p* 史　　manque dans l'éd. T qui dit simplement :

même sens.　　　　　　　　　*dergi de eberehe*, (la dynastie des) *Tcheou*

194 遷 *t* transfert (de résidence à l'orient)　s'affaiblit en Orient.

wang ni doro dahôrakô be nasame. üheri juwe [195] tanggô dehi

131. juwe aniya i baita be ejehebi. emu hergen i saixaci gecuheri
sijigiyan ci derengge. emu hergen i wakaxaci. suhe yuwei ci
nimecuhe. *Meng-ʒe* i henduhengge. *Kung-ʒe Côn-cio* be xangga-
bure jakade.

facuhôn amba hôlha jui gelehebi sehebi tere i *xang* isibure
weile ararangge getuken ofi. sain ehe ilgabure jakade. facuhôn
amba hôlha jui abka na i siden de weile ci ukcara

132. ba akô be henduhebi kai

51

Juwan serengge *Côn-cio* i jurgan be suhebi. *Côn-cio* be
ulahangge emu hacin i teile waka. ere ilan hacin i
juwan umesi getuken. uju de *Zo* hala i *juwan* sembi,

133. *Zo-kiyeo-ming* serengge. *Lu* gurun i mergen niyalma. tere i
Côn-cio be suhengge. aniya aname baita be ejere
doro be baitalame. aniya aniya i dube de kimcime tucibuhebi,
yaya abka i jui goloi beise i baita. cooha
dain de doro i jaka i guculehe. mukdehe wasika taksiha
mukiyehe turgun. mergen jalingga sain ehe i ilgabun be. *Zo*

134. hala waka oci getukelerakô. jai de *Gung-
yang* juwan sembi. *Gung-yang-gao* serengge. *Lu* gurun i
niyalma. ilaci de *Gu-liyang* juwan sembi. *Gu-liyang-ci*
serengge. *Han* gurun i bithe i niyalma. [196] ere juwe hacin i

---

195 一二 *juwe*, deux. Ed. D *z.* 三 trois   *niyalma*, (c'était) un lettré de la dynastie des
(cent quarante-deux années.)   *Han*. Ed. D *k* 子夏弟子 (c'était)
196 漢儒 *Han gurun i bithe i*   un disciple de *Tse-hia*.

juwan de meni meni golmin foholon adali encu

babi. gemu *Côn-cio* i amba jurgan be lashalame leolehe

135. sain ehe be iletuleme tucibuhe narhòn gisun. [197] *Zo*

juwan de *Jin* gurun i *Du-ioi* suhe babi. *Gung-*

yang juwan de *Han* gurun i *Ho-sio* suhe babi.

Gu-liyang juwan de *Jin* gurun i *Fan-niyeng* suhe

babi. *Côn-cio* i gisun kemungge bime gònin xumin

juwan akò oci getuken akò ofi. tuttu suwaliyame

136. taksibufi. juwan ilan *ging* ni ton de dosimbuhabi

te i urse forgon be kimcire baita be ejere de.

ilan juwan ci dulimba be gaimbi. toktobume lashalara

songkolome alhôdara de. *Sung* gurun i bithe i niyalma *Hò-*

an-guwe i *juwan* be baitalahabi.

52

137. *Se-xu* [198] ninggun *ging* ni bithe i jurgan getukelebuhe manggi

ze bithe hôlarade. [199] tere i tacin i gulu suwaliyata be kimcirakôci

[197] 也 *m* finale, manque dans l'éd. T.

[198] Ed. D. *c* et *d*. 皆經也故不不熟讀而考其義理之精彼矣 tous (ces livres classiques et canoniques) ce sont les *kin*, on doit en les lisant y apporter toute son attention pour y découvrir les nuances et le sens profond des maximes. Ce passage manque dans l'éd. T.

[199] 既明晰其義子 書不可不讀 *jurgan getukelebuhe manggi ze bithe hôlarade*, lorsqu'on aura pénétré le sens (des livres classiques et canoniques), on ne peut se dispenser de lire les livres des philosophes. Ed. D *e* 若經學既明又不可不旁採諸子而讀之 lorsque les *king* ont été étudiés et compris, on devra réunir les ouvrages des philosophes pour les lire.

ojorakò. [200] tacire urse ninggun *ging* hafuka be dahame [201]

giyan akômburakôngge akô gisun getukelerakôngge akô oho manggi

teni geren *ʒe* i oyonggo gisun be sonjofi. [202] tob

138. tacin de niyececun bisirengge be xoxofi kimcire. [208]

tere í ejehe baita jalan de tusa bisirengge be

ejere oci. [204] tacihangge bireme tob sain de ofi [205]

miosihon urhu de eyerakò ombi [206]

[200] 而考其醇疵 *tere i tacin i gulu suwaliyata be kimcirakôci ojorakô,* (on doit) examiner ce qui (dans les livres des philosophes) est pur et ce qui ne l'est pas. Ed. D *f* 但諸子之書醇疵互見 on rencontre dans les écrits des philosophes, tout à la fois, l'ivraie et le bon grain.

[201] 學者旣通六經 *tacire urse ninggun ging hafuka be dahame,* les étudiants, lorsqu'ils auront achevé l'étude des six *king.* 則理無不該言無不悉 *giyan akômburakôngge akô oho manggi,* ne pourront pas n'avoir pas approfondi la doctrine et bien compris les paroles. Ces deux passages manquent dans l'éd. D et seraient à placer entre *f* et *g.*

[202] 然後擇諸子之要言 *teni geren ze i oyonggo gisun be sonjifi,* ainsi en choisissant toutes les paroles importantes des philosophes. Ed. D *g* 必當撮取其簡要之言 nécessairement on doit faire un résumé des paroles les plus importantes.

[203] 有裨於正學者撮而甄之 *tob tacin de niyececun bisirengge be xoxofi kimcire,* ils recueilleront du profit dans une étude régulière. Ed. D. *g* 以裨正學 pour compléter une étude régulière.

[204] 其紀事有益於世務者記而識之 *tere i ejehe baita jalan de tusa bisirengge be ejere ofi,* et ces choses comiques serviront aux générations. Ed. D. *g* 記憶其事跡之實以備參考 et se rappeler les conséquences des évènements en vue d'examens successifs.

[205] 則所學一歸於醇正 *tacihangge bireme tob sain de ofi,* par l'étude, on fait ce qui est bien et correct. Ed. D *h* 則所學日進於淹博 alors par l'étude on fera chaque jour des progrès dans la science.

[206] 而無流放於邪

53

139. geren ʒe[207] tanggô boo. umesi geren ofi. ejehe seme
wajirakô. tere i umesi sain ningge be sonjofi
hôlaci. sunja ʒe bihebi. *Loo-ʒe* serengge. hala *Lii*
gebu *El.* tukiyehe gebu *Be-yang. Jeo* gurun i tuktan i
fon i[208] *Bo* hecen i niyalma. dergi *Jeo* gurun i fon de. *Jeo*
gurun i[269] *ju-hiya-xi* hafan ofi. sunja minggan gisun i

140. *Doo-de-ging* sere bithe arahabi. *Juwang-ʒe* i gebu *Jeo.*
tukiyehe gebu *Ze-hio Cu* gurun i *Meng* hecen i niyalma. *ci-
yuwan-i-ling* hafan ofi. *Nan-hôwa-ging* sere bithe
arahabi. *Siyôn-ʒe* i gebu *King. Cu* gurun i *Lan-ling* ni
ba i niyalma. *Siyôn-ʒe* i dergi fejergi juwe fiyelen sere
bithe arahabi. *Yang-ʒe* i gebu *Hiong. Han* gurun i *Ceng-du* i

141. ba i niyalma. *Tai-siyôn ging.*[210] *Fa-yang* sere juwe hacin i
bithe arahabi. *Wen-jung-ʒe* i hala *Wang.* gebu *Tung.*
tukiyehe gebu *Jung-yan. Sui* gurun i *Lung-men* i ba i niyalma
Juwan-ging. Jung-xo sere juwe hacin i bithe arahabi.

僻 也 *miosihon urhu de eyerakô ombi*
et l'on ne tombera pas dans la perversité et la
dépravation. Ed. D *h* 而 不 至 流
於 邪 僻 矣

[207] 諸 子 *geren Ze* (les écoles) des
philosophes. Ed. D 子 書 (les écoles)
des livres des philosophes. Par erreur M. Des
Michels a mis dans son texte 四 au lieu de
子 , mais il a bien traduit par « philosophes ».

[208] 周 初 *Jeo gurun i tuktan i fon i*
(homme) qui vivait au commencement de la
de la dynastie des *Tcheou*, serait à placer en
d entre 7 et 8.

[209] 周 *Jeo gurun i* (historien) de la
dynestie des *Tcheou*, serait à placer en *e* entre
4 et 5.

[210] La syllabe *yuen* dans le nom du livre
Tai-yuen-king est écrite 玄 dans l'éd. T et
元 dans l'éd. D.

amcame *Wen-jung-ʐe* seme gebu buhe. sunja ʐe i amba
muru. [211] *Loo-ʐe* gebu be tukiyecerakô. erdemu be dardanggi-
larakô.

142. bolgo ekiraka fax an akô be wesihun obuhabi. *Juwang-ʐe*
cihai gisureme jalan be oihorilame. feniyen ci
aljara jalan ci lâkcara be dele obuhabi. *Siyôn-ʐe*
banin hesebun i tacin be gisurere de. sonjoho gojime
narhôn akô. *Yang-ʐe Y-ging* de duibuleme gisun
ilibuhangge. ambula sain bicibe majige icihi bi *Wen*

143. *jung-ʐe* i *Jung-xu* bithe. *Luwen-ioi* de duibulecibe. niyalma
tare be duwali waka sembi. *Yuwan-ging* ni *Côn-cio* de
duibulerede. [212] durifi iliha Tin gurun be wesihuleme. amargi *Wei*
gurun be *Di* sehengge. *Côn-cio* i gônin waka sembi
tacire urse damu *xu* be kimcime gônin be gaime
gisun de [213] memererakô oci acambi

54

144. Ninggun ging geren ʐe bithe de hafuka manggi
teni geren suduri bithe be holaci ombi. suduri
bithe de emu gurun [214] i taifin facuhôn mukdehe gukuhe baita be
ejehebi. ejen i enduringge balame. amban i mergen jalingga. jalan

145. jalan i ulaha alime gaiha deribun duben i aniya be
bahafi kimcici ombi. suduri bithe juwe hacin bi.

---

[211] 意 *muru*, idées. Ed. D. *s* 義 même sens.

[212] 竇 *duibulerede* (le *Yuen-king*) peut être comparé (au *Tchun-tsieou*). Ed. D. *c,* 比 même sens.

[213] 于 *de*, à. Ed. D *f'* 於 même sens.

[214] 國 *gurun* dynastie. Ed. D. *d* 代 même sens.

lung-xi sembi. *guwe-xi* sembi. *guwe-xi* de
emu gurun i baita be ejehebi. *Han* gurun i bithe
Jin gurun i bithe i adalingge inu. *tung-xi* de
julge te i baita be ejehebi *Tung-giyan-gang-mu*
.146. bithe i adalingge inu. *guwe-xi* de ejen oci *ben-gi* bi. amban oci *liyei-juwan* bi. dasan i baita
oci ejetun iletun. hafu beleku oci aniya aniya i
baita be banjiburede wajihabi. tere i baita *guwe-xi* be da obuha
kai.

55

1. Amba xehun i deribun. hôlhi lampa i tuktan. *Fu-hi* i onggolo
udu ejen da bihe seme kimcici ojorakô. tuttu *Se-ma-ciyan xi-gi* be arara de. *Fu-hi* be deribun
2. obuhabi. *Tai-hoo Fu-hi xi* fukjin bithe hergen
banjibufi. uju de jakón guwa jijufi. tumen jalan i xu
genggiyen i da obuhabi. *Yan-di. Xen-nung xi* fukjin anja
halhan weileme. sunja hacin i jeku be tarime tebume.
banjire irgen be hôwaxabume ujire sekiyen ilibuhabi. *Hôwang di
Io-hiyong xi* etuku adu be weileme. dorolon durun be
3. toktobure jakade. xu genggiyen be ambula yendebume. eiten jaka
bireme yongkiyabufi. tumen gurun i hargaxame tuwara durum obu-babi. amala
jalan i urse uju de wesihuleme wecere kooli de. *Fu-hi.
Xen-nung. Hôwang-di* be ilan hôwang obuhabi. *Xi-gi* be
ciyan biyan de dosimbufi minggan jalan i *di wang* se i uju obuhabi.

56

4. *Howang-di* i jui *Xoo-hoo Gin-tiyan xi*. soorin de
jakônju duin aniya bihe. *Hôwang-di* i omolo. *Juwan-hioi
Gao-yang* xi. soorin de nadanju sunja aniya bihe.
Gin-tiyan i omolo *Di-ku Hao-sin xi*. soorin de
nadanju aniya bihe. *Yoo Xôn* be suwaliyame sunja *di*

5. sehebi. banjibuha urse damu *Yoo Xôn* be teile gisurehengge
tere i *gung* erdemu umesi wesihun i turgun. *Di-Yoo Too-
tang xi* i gebu [215] *Tang-hiowen*. [216] *Gao-sin* i fiyanggô jui.
ahôn *Di-ji* doro akô ofi. goloi beise jailabufi
Yoo be ilibuhabi. *Tang* gurun i *heo* ci abka i jui oho
tuktan *Too* i bade fungnere jakade. tuttu colo be

6. *Too-tang-xi* sehebi. *Yoo* i ejen ohongge. dere i gosin
abka i adali. tere i mergen enduri i gese. colgoropi deserepi.
irgen gebuleme muterakô. soorin de nadanju juwe aniya bihe.
jui dursuki akô ofi. mergen be baime *Ioi* de [217]
anabuha. ere be [218] di *Xôn* sembi. *Io-ioi-xi* i gebu
Cung-howa. [219] *Hôwang-di* i mukôn i omolo. ama mentuhun eme
oshon

---

[213] 名 *(xi-i) gebu* nom (de famille)
manque dans l'éd. D. serait à placer après *h* 5.

[216] 放勳 *Fang-hiowen*. Fang-hiun,
le petit nom de l'empereur Yao.

[217] 氏 *xi* suffixe de nom de famille, n'est
pas rendu en mandchou, manque également
dans l'éd. D. et serait à placer après *r* 6.

[218] 是 *ere be* cet homme-là. M. Des
Michels lie, je crois, 是 *xi* avec 虞 *yu r* 6
et fait de *Yu-chi* le petit nom de l'empereur *Yao*.

[219] 有虞氏名重華
To-ioi xi i gebu Cung-howa Tchung-hoa dont
le nom de famille était *Yeou-yu* Ed. D. *I*
有虞氏舜 *Xun* de la famille
Yeou-yu.

7. hiyooxun i hôwaliyambume mutefi. usin tarime *Yoo* deijime
   nimaha

   butame. tere i erdemu ulhiyen i iletulere jakade *Se-yo Yoo* de [220]

   tucibuhe manggi juwe sargan jui be sargan obume bufi [221]

   tanggò hafasa be uheri kadalabuha. amala soorin be anabuhabi.

   uyun hafan juwan juwe mu. jakôn yuwan jakôn *kai* i [222]

   mergen be tukiyefi baitalaha. dursuki akò duin ehe be

8. *waha. Ioi* be muke be dasabufi. *gung* mutebuhe. soorin de
   ninju emu aniya tefi. *Ioi* [223] de anabuha *Tang Ioi* i

   forgon de. jalan i gubci hôwaliyasun taifin de sebjeleme.

   canjurame anahònjame abka i fejergi be bahangge. wesihun seci

   ombi kai. ere ci [224] wesihun *Hòwang-di* ci ebsi. teni ejeci ojoro

   aniya be bahabi. *Hòwang-di* ci *Xòn* de isitala

9. uheri ninggun jalan. duin tanggò jakônju aniya bihebi

57

   juwe *di* i wesihun ejen i doro i jalin ten ilibuhabi. tere i
   wesihun be sirahangge. ilan *wang* bihebi. *Hiya Heo-xi* i

   ejen be uju de *Ioi-wang* seme tukiyehebi. *Ioi*

10. serengge. anabuha be alime gaifi. *gung* mutebuhe be henduhebi.
    Hiya be sirahangge *Xang*. uthai *Tang wang* inu.

    Tang serengge. ehe be geterembuhe oshon be nakabuha be
    henduhebi. *Xang* be sirahangge *Jeo*. uthai *Wen-u* juwe

    wang inu. *Wen-wang* serengge. *U-wang* ni ama.

    abka be ijire na be wekjire be *wen* sembi.

---

[220] 于 *de*, à Ed. D. *x* 5 於 même sens.   (homme) bon.

[221] 之 *y* 2 (il) lui (donna), manque dans   [223] 于 *de*, à Ed. D. *c'* 9 於 même sens.
l'éd. T.   [224] 右 *ere ci*, initiale. Ed. D. *g'* 羔 or.

[222] 凱 (homme) doux Ed. D. *z* 愷

11. *U-wang* serengge. *Wen-wang* ni jui. doksin be dailaha
irgen be aitu buhangge be u sembi. ere gemu ilan
jalan i hese be alime gaiha da mafa ofi.
tuttu ilan *wang* sehebi. *Yoo. Xôn. Ioi. Tang. Wen. U.*
juwe *di* ilan *wang* be. abka be siname ten
ilibufi. tumen jalan i ejen sefu sehengge kai.

58

12. neneme gisurehengge. ila *wang* be uheri leolehengge. ere
meni meni deribun duben [225] be gisurehebi. ilan *hôwang*
sunja *di* abka i fejergi be siden de obufi. mergen de
ulafi. soorin be afabure jakade siden i abka i fejergi sembi.

13. abka i fejergi be booingge obuhangge. [226] *Hiya Heo-xi* ci
deribuhebi. *Hiya* gurun i *Ioi-wang* ni [227] hala *Se.* [228] gebu
Wen-ming. [229] *Juwan-hioi* i enen. biltehe muhe be necihiyeme
dasafi. enduringge erdemu ferguwecuke *gung* irgen de goro goidame
isibuha bime. geli mergen jui *Ki* be banjifi. mergen
mutengge unenggi ginggun i *Ioi* i doro be sirahabi. *Ioi* i urihe

14. fonde. soorin be tere i amban *Be* i de [230] anahônjara de

---

[225] 始 終 *deribun duben*, le commencement et la fin Ed. D. *d* 終 始 la fin et le
commencement.

[226] 則 *h* eh bien, alors, manque dans
l'éd. T.

[227] 夏 禹 王 *Hiya-gurun-i Ioiwang*,
le roi Yu de la dynastie des Hia. Ed. D. *i*
禹 *Yu.*

[228] 姓 姒 氏 *hala Se* (son)
nom de famille était *Se-xi* Ed. D. *i*
妙 姒 氏 (il porte aussi le nom de)
Miao-se-xi. (On a mis 姒 pour 姒

[229] 名 文 命 *gebu Wen-ming* son
petit nom était *Wen-ming*, à placer en *i* entre
4 et 5 dans l'éd. D.

[230] 于 *de*, à. Ed. D. *o* 7. 於 même
sens.

abka i fejergi irgese *Be* i de daharakô. *Bi* de

dahame hendurengge mini ejen i jui kai sembi. *Ioi* i

jui de ulaha ci. amala jalan abka i fejergi be

booingge obure jakade. tuttu booi abka i fejergi sehebi.

Hiya gurun juwan nadan jalan ofi. *Giyei* de isinjifi

15. omire de yumpi boco de amuran doro akô i

irge*n* be oshodore jakade. gurun uthai gukuhe. uheri duin

tanggô susai jakòn aniya bihebi.

59

Hiya gurun be sirame ejen ohongge *Xang* kai. *Xang*

16. gurun i *Tang wang* ni [231] gebu *Lii*. [232] tukiyehe gebu *Tiyan-i* [233]

hala *ʒe*. *Gao-sin-i* jui *Siyei* i enen. jalan halame [234]

Xang de fungnehebi. *Giyei* be dailafi. abka i fejergi be

bahabi. doro be orin jakòn jalan ulaha. ninggun tanggò

dehi duin aniya bihe. *Juo* de isinjifi. doro akô

ofi. gurun be ufaraha.

60

17. *Juo. Di-i* i jui *Xang* gurun i *wang* oho manggi

gisun tafulaha be ashòci ombi, mergen waka be

miyamime mutembi. *Da-gi* be gosime dosholoro jakade

[231] 商 湯 王 *Xang gurun-i Tang-wang*, le prince Tang de la dynastie des Chang Ed. D. *d* 湯 *Tang*.

[232] 名 履 (*gebu Lii*, son nom est Li) est placé avant le nom de famille dans l'éd. T et après dans l'éd. D.

[233] 字 天 乙 *tukiyehe gebu Tiyan-i*, son surnom était *Tien-i*, à placer après *d* ɪ dans l'éd. D.

[234] 世 世 *jalan halame* de générations en générations. Ed. D. *e* 世 même sens.

yamun i ambasa be huwexeme erulehe. beye jursu hehe i
hefeli be secifi. haha jui sargan jui be tuwaha.

18. niyalma i saiha giranggi be moksolofi umgan i fulu ekiyehun be
yargiyalaha. eshen *Bi-gan* i niyaman be secihe turgunde.
si-be *Jeo* gurun i *U-wang* cooha ilibufi.
Juo be dailafi. *Yen* i *xe-ji* be guribuhe.

61

Jeo gurun i *Wen-wang U-wang* ci ten be
19. neifi. *Fung-gao*[235] i ba de gemulehe. *Ceng-wang*
Gang-wang jalan be sirafi. abka i fejergi umesi taifin
bihe. *Joo-wang. Mu-wang. Gung-wang. I-wang*
Hiyoo-wang. I-wang, Lii-wang de isitala ulafi
uheri juwan ilan[236] jalan. *Lii-wang* doro akô ofi
gurun be ufaraha. *Siowan-wang* dulimba ci mukdefi.
20. *Ioi-wang* de isinjifi. geli doro akô ofi
wargi *Jung* de wabuhabi. ere i jui *Ping-wang* dergi
Lu i ba de gurihe. ere be dergi *Jeo* gurun sembi. *Ping*[237]
Hôwan. Juwang. Hi. Hôi. Siyang. King. Kuwang.[238] *Ding.*
  Giyan
Ling. Ging. Doo. Ging. Yuwan. Jeng. Ding. Ai. Se.
Kao. Wei. Liyei. An. Liyei. Hiyan. Xen. Jing de
21. ulafi. *Nuwan-wang* de isinjifi *Jeo* gurun gukuhe. dergi

---

[235] 鄗 (*Fung-*) *gao* (Fung) kao Ed. D. *k*
鎬 (Fung-) kao.

[236] 十三 *ilan* treize Ed. D. *e*
十二 douze.

[237] 平 *Ping-(wan)* Ping-wan, nom de
prince; à placer en *j* entre 1 et 2 dans l'éd. D.

[238] 匡 *Kuwang*, Kuwang, nom de prince,
à placer en *j* an n° 8, omis dans l'éd. D.

wargi *Jeo* gurun uheri[239] gôsin jakôn jalan. jakôn tanggô
nadanju duin aniya. gurun bahafi umesi hôdahangge kai.

62

Jeo gurun dergi de gurihe ci. goloi beise ambula
22. etenggi ofi, *wang* ni fafun yabuburahô. geren gurun ulhiyen i
agôra hajun dekdebume. [240] ishunde [241] latunjifi daiJandure jakade.
xurdeme gisurere urse angga ilenggu i [242] hetu undu i gisureme.
afara dailara be yendebuhebi

63

23. *Ping-wang* ni tuktan dergi de gurihe forgon oci.
Côn-cio sehebi. *Gung-ʒe* i arara be nakaha amala oci
Jan-guwe sembi. *Côn-cio* i forgon i goloi beise i
dorgi de. *Ci-hôwan-gung*. *Jin-wen-gung*. *Sung siyang-gung*.
Cin-mu-gung. [243] *Cu-juwang-wang*. halanjame kiyangkiyan i de
ofi. [244]

[239] 於 凡 *uheri* tous (les Tcheou)
Ed. D. *k* 凡 même sens,

[240] 逞 *dekdebume* être ardent (au combat) Ed. D. *e* 肆 se servir (de ses armes).

[241] 爲 *e* donne aux caractères 侵
伐, armes, la signification de « livrer des
combats », sens qu'ils peuvent avoir du reste,
sans cette préfixe verbale et qu'ils ont dans
l'éd. T. où le caractère 爲 manque et où ils
sont traduits par les verbes *latunjime*, atta-
quer et *dailandume*, combattre. La mutualité
dans l'attaque est rendue dans l'éd. D. par

互 *e* et dans l'éd. T par 互 相.

[242] 以 *i* au moyen de (la bouche).
Ed. D. *f* 逞 abusant de (la bouche et de la
langue), c'est-à-dire par l'intempérance de leur
langage.

[243] Dans l'éd. D. *Mieou*, *e* 16 doit être
écrit 繆.

[244] 迭 爲 左 長 *halanjame
hiyangkiyan i da ofi*, ils furent tour à tour
chefs des guerriers. Cette phrase et les suivantes jusqu'à **la note 248** sont à placer dans
l'éd. D entre *e* et *f*.

goloi beise i emgi acame gashôfi yabuhangge sunja be

24. sehebi. [245] *Wei-liye* i *wang* ci amasi. goloi beise etenggileme etuhuxeme. [246]

dabali gônin i [247] cihai *wang* seme tukiyefi. ajige gurun be

gidaxame. [248] kamcime ejelehengge wajire hamime [249] nadan kiyang kiyan tucinjihebi. [250]

nadan kiyangkiyan serengge. *Cin. Cu. Ci. Yan. Han. Jao Wei* inu. [251] meni meni agôra hajun dekdefi. [252] ishunde kamsime uherileki sembihe. [253] sunja ba i fon de. udu koimali hòsungge

25. secibe. kemuni gosin jurgan de anagan arame. *wang* be wesihuleme ubaxaha be dailame. tuhere be wehiyere yadulinggò be aitubure [254]

[245] 明會諸侯謂之五霸. *goloi beise i emgi acame gashôfi yebuhangge sunja be sehæbi*, les princes qui dans une assemblée solennelle ont fait alliance s'appellent les cinq feudataires principaux.

[246] 至於威烈以後諸侯雖橫. *Wei-liyei-wang ci amasi, goloi beise etenggileme etuhuxeme*, depuis *Wei-lie* les princes feudataires se montrèrent violents et pervers.

[247] 僭恣稱王 *dabali gônin i cihai wang seme tukiyefi*, et dépassant toutes limites ils s'arrogèrent le titre de roi.

[248] 憑陵小國 *ajige gurun be gidaxame* et opprimant les petits royaumes.

[249] 吞食殆盡. *kamcime ejelehengge wajire hamime*, ils les absorbèrent (litt. ils les avalèrent et les mangèrent) presque jusqu'à les faire disparaître.

[250] 而七雄出焉 *nadan kiyangkiyan tucinjihebi*, alors les sept guerriers parurent.

[251] 七雄者秦楚齊燕韓趙魏也 *nadan kiyangkiyan serengge Cin, Cu, Ci, Yan, Han, Jao, Wei inu*, ces sept guerriers sont ceux des Etats de *Tsin*, de *Tsu*, de *Tsi*, de *Yen*, de *Han*, de *Tchao*, et de *Wei*.

[252] 名逞兵戈 *meni meni agôra hajun dekdefi*, chacun s'animant au combat.

[253] 互相吞 *ishunde kamcime uherilehe sembihe* et se dévorant l'un l'autre ils finirent pour être réunis sous une seule domination.

[254] Dans l'éd. D. *tsi f* 20 doit être écrit

濟.

gung

bihebi. amala nadan kiyangkiyan beye be *wang* obuha manggi. *Jeo* gurun i

jalan wasifi. fusihôn ajige gurun i adali ohobi. *Jeo* gurun i
fengxen udu goidacibe. damu tonggo gese taksibuhabi kai.

64

26. *Ing* serengge *Cin* gurun i hala. *Cin Be-i* i enen
    Ing-fei-ʒe[255] wargi *jung* ci deribufi. *Jeo* gurun i
    Hiyoo-wang be weileme. morin ujime fusembuhangge ambula ofi
    gurun be *Cin* i ba de fungnehebi. *Siyang-gung* de isinjifi.
    gurun ulhiyen i bayakabi. *Cin Mu-gung* ni fon de. gurun
27. ulhiyen i etenggi ohobi. *Hôi-wen-wang* seme tukiyefi.
    geren gurun be ibedeme durime ejelehe. *Joo-siyang* ele
    badarafi. goloi beise be kamcime uherilehe. *Nuwan-wang*
    ba be alibure jakade. *Jeo* gurun gukuhe. *Hiyoo-wen*
    Juwang-siyang de ulafi. dergi *Jeo* gurun i ejen be
    mukiyebufi. *Gi* hala i doro wajihabi. amala *Cin-xi-hôwang*
28. *Juwang-siyang* ni jui ohongge. tere i eme neneme[256]
    beye de bifi. *Cin-xi-hôwang* be banjiha. yargiyan i
    Lioi hala i jui. holtome *Cin* gurun i doro be
    sirara jakade. *Ing* hala gukuhe. *Cin-xi-hôwang* etenggi
    amba hethe be sirafi. ninggun gurun be argiyafi emu
    obume uherilehebi. horon baturu etenggi doksin i abka i fejergi de
29. enggeleme. cooha i agôra be wembufi. golmin hecen be sahafi.
    xi xu bithe be deijifi. fefun selgiyen be wesihuleme.

---

[255] 嬴. *Ing-(fei tse)* nom propre inscrit
sous le nom de *Fei-tse* dans l'éd. D. *d* 6, 7.

[256] 先 *neneme*, auparavant, à placer en *o*
au n° 3 omis dans l'éd. D.

amcame bure colo [257] be nakabufi. beye be *Xi-hôwang* seme

tukiyehebi. gurun be tumen jalan de ulaki seme. soorin de

gôsin nadan aniya tefi. dergi ergi be kedereme genefi.

Xa-kiyeo i ba de urihe. taigiyan hafan *Jeo-gao* holo

3o. hese i *tai-ze Fu-su* be wafi. ajige jui *Hô-hai* be

ilibufi. ere be *El-xi* sembi. oshon ehe gejureme gaime.

uksun mukôn [258] be geterembume wafi. ambarame boo yafan be

deribume weilere jakade. irgen niyalma ukame jailanduha abka i

fejergi ambula facuhôraha. *Cu* gurun i niyalma *Cen-xeng* cooha

ilibufi. mutebuhekô de efujehe. sirame *Hiyang-liyang*. *Hiyang*

31. *ioi Cu* gurun i enen be ilibufi *Cin* gurun be dailaha.

Han Kao-zu Lio-gi. Se-xang ni ba i *ting*

-jang ofi irgen i facuhôroha nerginde *Cu-gurun* i emgi acafi

cooha ilibufi furdan de dosifi *Cin* gurun be mukiyebuhe

El-xi aifini *Jao-gao* de wabuha. [259] *San-xi-ze*

-ing. gulu sejen suru morin i dahaha. *Cin* gurun abka i

32. fejergi be bahafi teni ilan jalan dehi ilan aniya

ome gukuhe. *Hiyang-ioi* hese be alifi [260] *Gao-zu* be

Han gurun i *wang* seme fungnefi. gurun be wargi *Xu* i ba de

obuha dergi de hederere ayoo seme olhome. *Yong Se Yen* [261] be

---

[257] 謚 法 *amcame bure colo* nom honorifique conféré après la mort. Ed D. y 謚 號 même sens.

[258] 宗 族 *uksun mukôn*, toute sa famille. Ed. D. g 宗 枝. même sens.

[259] Dans l'éd. D. en *o'* c'est 已 *(i* marque du passé) qu'on doit lire à la place de 以.

[260] 承 制 *hese-he alifi* (Hiung-jeou) reçut du ciel le mandat de gouverner la terre, c'est-à-dire monta sur le trône, serait à placer en *r'* entre 2 et 3 dans l'éd. D.

[261] Le roi *Yin* est écrit 殷 dans l'éd. T. et 翟 dans l'éd. D. *t* 8.

ilan *wang* fungnefi sujabuha. goidahakô *Han* gurun *Han-sin* be
bahafi jiyanggiyòn obufi. [262] tucifi ilan *Cin* be toktobufi.

33. *Cu* gurun i emgi *Cen-gao* i ba de [263] afaha. uheri nadanju
   mudan funceme afafi. uma i etere anabure be lashalahakô
   dube de *Hai-hiya* i ba de [264] cooha acafi. *Cu* gurun be
   efulere jakade. *Hiyang-wang* hôsun mohofi. beye be beye araha.
   Han gurun mukdehe

65

34. *Xi-gi* i bithe ilan-*Hôwang* ci deribufi. *Han-u di* de
   dubehebi. *Ban* hala i nenehe *Han* gurun i bithe be arafi.
   wargi *ging* ni juwan juwe *di* be ejehebi. nenehe
   Han-gao-zu i hala *Lio*. gebu *Bang*. tukiyehe gebu *Gi*.
   Pai i ba i niyalma. *Cin* gurun be gukubufi. *Cu* gurun be

35. mukiyebufi. abka i fejergi be bahafi. *Cang-an* de gemulehe.
   Hôi-wen Ging-u Joo-siowan Yuwan-ceng **Ai**
   ping Ju-ze de ulafi. uheri juwan juwe jalan.
   Wang-mang soorin be durihe. *Wang-mang* serengge *Hiyoo*
   -yuwan wang Hôwang heo i ahòn i jui gocishòn gungnecuhe i gebu be
   hôlhame *zai si-yang* de isibuha. *Ping-di* be oktolome

36. wafi. anagan arame *Jui-ze* be ilibuha. geli wailabufi [265]

262 得韓信爲將 *Han-sin be bahafi jiyanggiyòn obufi*, le roi Han 漢王 (dans l'éd. T il y a 漢 *Han* simplement) put s'attacher *Han-sin* et le créa général; à placer en *n'* entre 4 et 5 dans l'éd. D.

263 於 于 *de*, marque du locatif. Ed. D. *v*, même sens.

264 於 于 *de*, marque du locatif. Ed. D *y* même sens.

265 廢 *wailabume* verbe qui ne se trouve pas dans le Dictionnaire mandchou-allemand de Gabelentz, mais qui a le même sens que *waliyame* et qui signifie déposer un roi. Ed. D. *m.* 廢 même sens. Ce caractère est suivi de 之, marque de l'accusatif « (il) le

beye iliha. uheri juwan jakôn aniya. tuwa i erdemu i *Hun* gurun
dahôme mukdefi. *Wang-mang* be waha. uheri dabali
soorin de juwan jakôn aniya tehe. [266]

66

37. amaga *Han* gurun i *Guwang-u Hôwang-di* i gebu *Sio.*
Ging-di Han i nadaci jalan i omolo. boso i etuku ci
cooha ilibufi. *Wang-mang* be mukiyebufi. [267] geren hôlha be
gisabufi *Han* gurun be dahôme mukdembufi. [268] *Lo-yang* de
gemulehe. ere be dergi *Han* gurun sembi. *Ming. Jang. Ho.*
Xang. An. Xôn. Cóng. Ji. Hôwan. Ling. Hiyan-di de
38. ulafi. uheri juwan juwe jalan bihe. [269] *Wei* gurun de [270]
anabuha. juwe *Han* gurun uheri orin duin jalan. duin
tanggô orin sunja aniya bihebi.

67

Juwe Han gurun i bithe i amala ilan gurun i
39. bithe bihebi aibe ilan gurun seci. *Wei. Xu. U* inu
Wei gurun i *Zoo* hala gebu *Zoo. Jiyoo* i ba i niyalma.

(déposa) » qui manque dans l'éd. T. Les colonnes de la page 109 de l'éd. D. commençant par
有 et 者 sont à supprimer, car elles sont
la répétition d'un texte qui se trouve à la
page 108.

[266] 凡 僭 位 十 八 年
uheri dabali soorin de juwan jakôn aniya
tehe, en résumé (les *Han*) usurpèrent le trône
pendant 18 années; à placer après *o 7* dans
l'éd. D.

[267] 誅 滅 *mukiyebufi*, il extermina.
Ed. D. *q* 誅 même sens.

[268] 興 復 *dahôme mukdembufi*, il
restaura la maison des *Han*, c'est-à-dire il
rétablit leur domination. Ed. D. *q* 復 興
même sens.

[269] 而 *t 17* « et » manque dans l'éd. T,

[270] 於 *de*, marque du datif. Ed. D. *t.*
于 même sens.

Dung-ju i facuhòraha de teisulere jakade. abka i jui jobolon de
turafi. *Zoo-ʒoo* han be okdome gaifi. *Hioi cang* de
gemulehe. abka i jui be hafirame[271] goloi beise be fafulafi
dabali facuhôn be argiyame necihiyefi. horon erdemu ulhiyen
   badaraha.

40. beye akô oho amala.[272] jui *Zoo pi* sirame ilifi.
   Han gurun i anabuha be alime gaifi.[273] abka i fejergi be
   bahafi. gurun i colo *Wei* sehe. jui *Zoo-jui* omolo *Zoo-fang*[274]
   Zoo-moo de ulafi. ahòn i jui *Zoo-hòwang* de
   isinafi. *Jin* gurun de anabuha. uheri[275] sunja jalan dehi
   ninggun aniya bihebi. *Xu* gurun i *Lio* hala. gebu *Bei. Ging-di* i

41. enen. cooha ilifi holha be dailame. *Ging xu* i ba be
   ejelehe. *Han* gurun gukufi *di* seme tukiyehebi. jui *Can* de
   ulafi[276] juwe jalan dehi ilan[277] aniya bihebi. *U* gurun i
   Sun-ciowan ama *Sun-giyan*. ahòn *Sun-ce*. ududu
   jalan i doro be isabufi. *Giyang* ni cargi be aktalafi.
   jui *Sun-liyang. Sun-sio*. omolo *Sun-hoo* de

42. ulaha. duin jalan susai uyun aniya. *Jin* gurun de[278]
   mukiyebuhe. ilan gurun i ba na gemu *Jin* gurun de[279]

---

[271] 而 « et », à placer en *g* entre 17 et 18
dans l'éd. D.

[272] 身死之後 *beye akô oho amala*, après qu'il se fût donné la mort; à placer entre *h* et *i* dans l'éd. D.

[273] Dans l'éd. D on a oublié le caractère 位 trône, qui doit figurer en *j* au n⁰ 4.

[274] 方 *Fang*, nom d'homme, écrit 芳 dans l'éd. D. *l.* 5.

[275] 共 *uheri*, en tout. Ed. D. *l* 凡 même sens.

[276] Dans l'éd. D en *o* l'on a sauté par mégarde les caractères 傳于 (il transmit le trône à son fils); à placer aux n⁰s 5 et 6 dans l'éd. D.

[277] Cét état de choses dura suivant l'éd. T 43 ans et suivant l'éd. D *p* 40 ans.

[278] 於 *de*, particule instrumentale (il fut détruit) par. Ed. D. *t* 于 même sens.

[279] 於 *de*, particule indiquant la direction

oho. *Jin* gurun *Se-ma* hala. gebu *Yan*. ere i
mafa *Se-ma-i*. amji *Se-ma-xi*. ama *Se-ma-joo*
duin jalan *Wei* gurun i dasanbe jafafi anabuha be
alime gaifi. abka i fejergi be bahafi. *Lo-yang* de

43. gemulehe. ere be *U-di* sembi jui *Hôi-di*. *Hôwai-di*.
omolo *Min-di* de ulaha. [280] *Hôwai-di Min-di*
gemu [281] julergi *Jeo* gurun de wabufi. wargi *Jin* gurun
gukuhe. uheri duin jalan susai ilan aniya bihebi. dergi
Jin gurun i *Nio* hala. *Se-ma-i* i omolo. *Lang*
-ye i ba i *Gung-wang*. *Ni-fei*. *Hiya-heo-xi*.

44. *Nio* hala i jui de latufi. jui *Jui* be banjiha.
holtume *wang* ni jergi be sirafi. *Giyang* ni cargi be
ejelehe. *Jin* gurun i gurun ufaraha de teisulere jakade. uthai
Gin-ling de [282] *di* seme tukiyehebi. ere be dergi
Jin gurun i *Yuwan-di* sembi. jui *Ming-di,*
omolo *Ceny-di. Kang-di*. jai jalan i omolo *Mu-di.*

45. *Ai-di. Di-i*. jai *Yuwan-di* i fiyanggò jui
Giyan-wen. omolo *Hiyoo-u-di*. jai jalan i omolo *An-di*
Gung-di. uheri juwan emu jalan. emu tanggô juwe
aniya. ere ci wesihun juwe *Jin* gurun uheri tofohon jalan
emu tanggô susai duin aniya bihebi. juwe *Jin* gurun i
siden de neneme amala amargi ba de [283] holo ejilehengge, uheri juwan

(les trois royaumes firent retour) aux (*Tsin*).

Ed. D *u* 于 même sens.

[280] Dans l'éd. D. les caractères 5, 6
傳 子 en a', placés à la suite du caractère n° 9, sont à biffer, étant la répétition des
caractères 1 et 2.

[281] 俱 *gemu* ensemble, tous deux. Ed. D

[b'] 共 même sens.

[282] 於 *de*, particule locative, (il fut pro-
clamé empereur) à (Kin-ling). Ed. D *h* 于,
même sens.

[283] 於 *de* particule locative, dans (le
Nord). Ed. D. *l'* 于 même sens

46. jakôn gurun. uheri bodoci juwe *Jao* gurun. ilan
Cin gurun. sunja *Yan* gurun. sunja *Liyang* gurun. *Xu Wei*
Hiya gurun inu. *To-ba* hala i *Dai Wei* sehe
gurun be daburakô. julergi *Jao* gurun i *Lio-yuwan* serengge.
Can-ioi gurun i *Zo-hiyan-wang*, *Hôi-di* i fon de
Ping-yang ni ba be ejelefi. *Han* gurun i *di* seme

47. tukiyehebi, jui *Lio-ʒung* de ulafi gurun be halafi
Jao sehe.²⁸⁴ *Cang-an* hecen be efulefi. *Jin* gurun i
juwe *di* be jahafa. jui *Lio ho*. *Lio-yuwan*.
ahôn i jui *Lio-yo*. *Lio-yo* i jui *Lio-hi* de
ulafi. uheri sunja jalan orin ninggun aniya bihe. amargi
Jao gurun de mukiyebuhebi. amargi *Jao* gurun i *Xi-le*.

48. *Lio-yuwan-i* jiyanggiyòn. *Juwan-di* i fon de. *Siyang-guwe* i ba be
ejelehe. jui *Xi-hông-deo*. *Xi-hô*. *Xi-hò-i* jui *Xi-xi*.
Xi-giyan. *Xi-ʒun*. ²⁸⁵ *Xi-ki* de ulafi. nadan jalan
gôsin ²⁸⁶ ilan aniya bihe. *Jan-min* de ²⁸⁷ mukiyebuhe.
julergi *Yan* gurun i *Mu-jung-Wei*. *Siyan-pi* gurun i
aiman i da jui *Mu-jung-Hôwang*. *Howai-di* i fon-de

49. *Ye-i* ba be ejelefi. *wang* seme tukiyehebi. *Mu-jung-Hôwang* ni
jui *Mu-jung Giyòn-di* seme tukiyehebi. *Mu-jung-*
Giyôn i jui *Mu-jung-Wei* de isinafi. duin jalan

---

²⁸⁴ 改 號 趙 *halafi Jao sehe*, lequel changea son nom en celui-ci de *Tchao*; à placer entre *o′* et *p′* dans l'éd. D.

²⁸⁵ Dans l'ordre de succession au trône l'empereur *Kien* régne avec l'empereur *Tsun*, d'après l'éd. T, tandis que d'après l'éd. D c'est le règne de *Tsun* qui précède celui de *Kien*.

²⁸⁶ 三 十 *gôsin*, trente. Ed. D. *v′* 3 二 十 vingt. Cet état de choses dura suivant l'éd. T 33 ans et suivant l'éd. D *v′* 23 ans.

²⁸⁷ 於 *de*, particule instrumentale (il fut détruit) par. Ed. D *x′* 于 même sens,

ninju ilan aniya bihe. *Cin* gurun de mukiyebuhe.

amargi *Yan* gurun i *Mu-juug-Cui. Mu-jung-Hôwang* ni jui.

Hiyoo-u-di i [288] fon de *Cin* gurun ci ubaxafi *di*

50. seme tukiyehebi. jui *Mu-jung-Boo.* omolo *Mu-jung-Xeng.*

Mn-jung-Boo i deo *Mu-jung-Hi* [289] de isinafi.

duin jalan orin duin aniya bihe. *Gao-yôn* de [290]

mukiyebuhe. wargi *Yan* gurun i *Mu-jung-Hông. Mu-jung-*

Giyôn i jui. *Hôwa-yen* i ba be ejelehe. deo *Mu-*

jung-Cung. Mu-jung-Cung ni ahôn i jui *Mu-*

51. *jung-Kai. Mu-jung-Cung* ni jui *Mu-jung-Yoo.*

Mu-jung-Hông ni jui *Mu-jung-Jung. Mu-jung-*

Hông ni deo *Mu-jung-Yong* [291] de isinafi. ninggun

jalan juwan aniya bihe. amargi *Yan* gurun de mukiyebuhe.

julergi *Yan* gurun i *Mu-jung* de. *Mu-jung-Cui* i

deo. *Hôwa-tai* i ba be ejelehe. jui *Mu-jung-Coo* de

52. isinafi. juwe jalan juwan ilan aniya bibe. *Jin* gurun de [292]

mukiyebuhe. amargi *Yan* gurun i *Fung-ba.* [293] *Mu-jung-Cui* i [294]

amba. *Lung-ceng* hecen be ejelehe. deo *Mu-jung-*

---

[288] 帝 *di*, l'empereur (*Pia-wou*) à placer en *c''* entre 9 et 10.

[289] Dans l'éd. D en *d''* l'on a sauté par mégarde le caractère 熙 l'empereur *Hi*, à placer au n° 8.

[290] 於 *de*, particule instrumentale (il fut détruit) par. Ed. D *f''* 于 même sens.

[291] Le frère cadet de *Hong* porte le nom de 永 *Yong* dans l'éd. T et celui de 來 *Lai* (*h''* 15) dans l'éd. D.

[292] 於 *de*, particule instrumentale (il fut détruit) par. Ed. D *m''* 于 même sens.

[293] Le souverain des *Yen* septentrionaux dont il est ici parlé, porte le nom de *Pang-* 跋 *po* dans l'éd. T. et celui de *Pang-* 政 *tching* dans l'éd. D *n''*.

[294] Le ministre de *Pang-po* ou *Pang-tching* porte le nom de 垂 *Xuaï* dans l'éd. T et celui de *Mu-Yong-Xuaï* 慕容垂 dans l'éd. D *n''*.

Hóng de isinafi. juwe jalan orin jakòn aniya bihebi
julergi *Cin* gurun i *Fu-hóng*. *Mu-di* i fon de *Cang-an*
hecen be ejelehe. *Fu-hóng* ni jui *Fu-giran*.

53. omolo *Fu-xeng*. *Fu-giran* i deo *Fu-giran* i
jui *Fu-pa, Fu-teng*. *Fu-teng* ni jui *Fu-*
cung de isinafi. nadan jalan dehi ninggun aniya bihe.
amargi *Cin* gurun de mukiyebuhe. amargi *Cin* gurun i *Yoo-cang*.
Cin gurun ci ubaxafi *Cang-an* hecen be ejelehe.
jui *Yoo-hing*. omolo *Yoo-hóng* de isinafi. ilan

54. jalan gòsin duin aniya bihe. *Jin* gurun de[295] mukiyebuhe.
wargi *Cin* gurun i *Ki-fu-guwe-jin*. *Cin* gurun i,
jiyanggiyòn. *Gin-ceng* hecen be ejelehe. jui *Kiran-gui*
omolo *Ci-pan*. *Ci-pan* i jui *Mu-mo* de[296] isinafi.
duin jalan dehi nadan aniya bihe. *Hira* gurun de
mukiyebuhe. julergi *Liyang* gurun i *Jang-gui*. *Jin* gurun i amba.

55. *Hòi-di* i fon de. *Ping-liyang* ni ba be ejelehe. jui
Jang-xi. omolo *Jang-moo*. *Jang-moo* i jui *Jang-jiyôn*.
Jang-jiyôn i jui *Cung-hòwa*. *Cung-hòwa* i jui *Yo-ling*
Cung-hòwa i deo *Jang-ʒu*. *Yo-ling* ni deo *Siowan-jing*.[297]
Jang-ʒu i deo *Tiran-si* de ulafi. uyun jalan
nadanju jakòn aniya bihe. *Cin* gurun de[298] mukiyebuhe. amargi

56. *Liyang* gurun i *Lioi* guwang *Cin* gurun i jiyanggiyòn *Livang* ni
   ba be ejelehe.

---

[295] 於 *de*, particule instrumentale (il fut détruit) par. Ed. D *v"* 于 même sens.

[296] Le fils de *Pouan* s'appelle *Mu-*未*mo* dans l'éd. T. et *Mu-*未*wei* dans l'éd. D *y"*.

[297] La syllabe *Hiouen* de l'empereur *Hiouen-tsing*, est écrite 玄 dans l'éd. T. et 元 dans l'éd D *b"'*.

[298] 於 *de*, particule instrumentale (il fut détruit) par. Ed. D *c"'* 于 même sens.

ejelehe. jui *Lioi-xoo. Lioi-mu. Lioi-lung* de
ulafi. duin jalan juwan uyun aniya bihe. amargi *Cin*
gurun de [299] mukiyebuhe. julergi *Liyang* gurun i *Tu-fa-u-
gu. Liyang* gurun i jiyanggiyòn. *Yo-du* i ba be ejelehe. deo
Lii-lu-gu Ju-tan de isinafi. ilan jalan

57. juwan uyun aniya bihe. wargi *Cin* gurun de mukiyebuhe.
wargi *Liyang* gurun i *Lii-gao.* amargi *Liyang* gurun i *Duwan-
ye* i amba. *Jin-cang* ni ba be ejelehe. jui
Lii-siyòn [300] de ulafi. juwe [301] jalan juwan uyun aniya
bihebi. [302] amargi *Liyang* gurun i *Duwan-ye.* amargi *Liyang* gurun i
jiyanggiyòn. *Jang-ye* i ba be ejelehe. *wang* seme tukiyehe.

58. mujaci aniya de tere i amba *Jioi-kioi-meng-sun.*
belefi beye iliha. jui *Mu-giyan* juwe hala de
ulafi ilan jalan dehi jalan aniya bihe. *Wei* gurun de
mukiyebuhe. *Xu* gurun i *Lii-te. Hôi-di* i fon de *Guwang-
han* i ba be ejelehe. jui *Lii-hiong* de ulafi
Ceng di seme tuhiyehebi. ahôn i jui *Ban-ki.*

59. *Ban-ki* i esehen *Ba-xeo* de isinafi. gurun be
halafi *Han* sehe. jui *Lii-xi* de ulafi. ninggun
jalan [303] dehi nadan aniya bihe. *Jin* gurun de mukiyebuhe.

---

[299] 令 *de* particule instrumentale (il fut
détruit) par. Ed. D *f'''* 于 même sens.

[300] *Li-kuo* transmit le pouvoir à son fils
Siun d'après l'éd. T et à ses fils *Hin* 歆
et *Siun* 恂 d'après D *k'''*.

[301] D'après l'éd. T la dynastie des *Liang* oc-
cidentaux comprendrait deux règnes 世 tandis

que l'éd. D *h'''* en compte trois.

[302] 滅 於 北 涼 *l'''*. Cette
dynastie fut détruite par les *Liang* du Nord.
Ce passage manque dans l'éd. T.

[303] Par erreur, dans l'éd. D *x'''* l'on a mis
百 cent à la place de 世 règne ou géné-
ration.

Wei gurun i *Jan-min.* Xi-hô i ujihe jui. [304] *Xi-hô* i

jui be wafi beye iliha. ilanci aniya de *Yan*

gurun i niyalma de wabuhabi. *Hiya* gurun i *He-liyan-bo-bo.*

60. *Lio-yowan* i muhôn. *Tung-wan* i ba be ejelehe. jui

Lio-cang. Lio-ding de ulafi. ilan jalan orin

sunja aniya bihe. *Tu-gu-hôn* [305] de mukiyebuhe. amargi

Yan gurun i *Gao-yôn Mu-jung-hi* be belefi

beye iliha. ilaci aniya de tere i fejergi urse de

wabuhabi. *Fung-be* sirame iliha. *Gao-yôn. Jan-min.*

61. ishunde beleme fudarame duhekekô. wargi *Yan* gurun i minggun ejen.

ishunde kokirame wandume ojoro jakade. ere ilan be gurun

seci ojorakô. hôwa juwan ninggun gurun be gemu. *Jin*

gurun i suduri de kamcime tucibuhebi.

68

62. ere julergi gurun i suduri be gisurehebi. uheri duin gurun

uju de *Sung* gurun sembi. *Gao-ẓu Lio-ioi.*

Pang-ceng ni ba i niyalma *Jin* gurun i anabuha be

alime gaifi. jui *Xoo-di. Wen-di. Wen-di* i

jui *Hiyoo-u. Hiyoo-u* i [306] jui *Fei-di. Hiyoo-u* i

deo *Mang-di. Mang-di* i jui *Zang-u Xông-di* de

63. ulafi. uheri jakôn jalan ninju aniya bihebi. jai de

Ci gurun sembi. *Siyoo* hala i *Tai-ẓu Doo-ceng.*

Lan-ling ni ba i niyalma. *Sung* gurun i anabuha be

<hr>

[304] *Jeu-min*, d'après l'éd. T est fils 子 est écrite 吐 dans l'éd T et 土 dans

de *Hu-yang*, tandis que l'éd. D z'" le donne   l'éd. D. d^2.

pour petit-fils 孫 du dit *Hu-yang*.

    [306] 武 *Hiao-u* fils de l'empereur *Wen*,

[305] La syllabe *tu* des Tartares *Tu-ku-hoen*   nommé simplement 武 *U* en *f* dans l'éd. D.

alime gaifi. jui *U-di*. omolo juwe *xoo-di*.
ahòn i jui *Ming-di*. *Ming-di* i jui *Dung-hôn*
Ho-di de ulafi. nadan jalan orin ilan aniya

64. bihebi. ilaci de *Liyang* gurun sembi. *Siyoo* hala i *U-di-Siyoo-yan*. *Ci* gurun i mukòn. *Ci* gurun i anabuha be
alime gaifi. jui *Giyan-wen Yuwan-di*. *Yuwan-di* i
jui *Gin-di* de ulafi. duin jalan susai ninggun
aniya bihebi. duici de *Cen* gurun sembi. *Cen* hala i
U-di Ba-siyan. *Cang-hing* ni ba i niyalma.

65. *Liyang* gurun i anabuha be alime gaifi. ahòn i jui *Wen-di*.
Wen-di i jui *Fei-di*. *Wen-di* i deo
Siowan-di. *Siowan-di* i jui *Heo-ju* [307] de ulafi.
sunja jalan gôsin ilan aniya bihebi. ereci wesihun duin
gurun gemu *Ging-ling* de gemulehe bihe. julergi suduri ci
tulgiyen. meni meni gurun i suduri bi. duin gurun *U*

66. gurun. [308] dergi *Jin* gurun be suwaliyame. geli ninggun
gurun seme gebulehebi.

69

amargi suduri i ilan gurun. uju de *Wei* gurun sembi.
hala *To-ba*. *Xo-mo* ba ci deribuhebi. daci *Xeng-*

67. *u-di Gi-fun*. *Xen-yuwan-di Lii-wei*. jalan
halame ejen da ofii. dulimba i gurun de amban ome
dahahabi. *To-ba-i-lioi* de isinjifi. dosifi dorgi
uhaxaha be dailara jakade. teni dulimbai guwe be bahafi

[307] L'empereur *Hën-cu* figure sous les
caractères 後 主 dans l'éd. T. et sous

les caractères 后 主. dans l'éd. D. o.

[308] 與 *y* « et » manque dans l'éd. T.

beye be *wang* seme. tukiyehebi. deo i jui *Ioi-lioi*. [309]

Ioi-lioi i jui *Xi-i-giyan*. *Xi-i-giyan* i

68. jui *Xi-i-gui* de ulafi. *Hiyoo-u* i fonde

Wei gurun i *di* seme tukiyefi. *Ping-yang* de gemulehebi.

ere be *Doo-u-di* sembi. jui *Ling-yuwan*. *Ming-*

yuwan i jui *Da-u*. *Da-u* i omolo *Gao-ʒung*.

Gao-ʒung ni jui *Hiyan-Wen*. *Hiyan-wen* i jui

Hiyoo-wen de ulafi. teni hala be *Yuwan* hala

69. seme halaha. jui *Siowan-u*. *Siowan-u* i jui *Hiyoo-*

ming. *Hiyoo-wen*. omolo *Hiyoo juwang*. *Jiyei-min*. *Hiyoo-*

u de ulaha. *Hiyoo-u* tere i ʒaisiyang *Gao-hôwan* de

ergelebufi. *Cang-an* de genehe ere be wargi *Wei* gurun

sembi. mukôn i deo *Wen-di*. *Wen-di* i jui *Fei-di*

Gung-di de ulafi. *Jeo* gurun de anabuha. dergi

70. *Wei* gurun i *Jing-di-Xan-giyan Hiyoo-wen* i omolo.

Gao-hôwan i ilibuhangge. *Ye* i ba de gemulehe *Wei* gurun be

juwe obume dendehebi. ilifi juwan juwe aniya oho manggi.

Ci gurun de anabuha. *Doo-ceng* ci *Gung-di* de

isitala. uheri juwan ninggun ejen. [310] emu [311] tanggô nadanju aniya.

Gung-di ci wesihun *Xeng-u* de isitala. ilan

71. tanggô gôsin aniya funcembihebi. jai de *Ci* gurun sembi.

Gao hala. tuktan *Gao-howan Jing-di* be ilibufi.

jalan halame dasan be jafaha. jui *Gao-yang* de

isinjifi anabuha be alime gaifi. ere-be *Ci* gurun i *Wen-*

---

[309] Le neveu de l'empereur *Tai-wang* porte le nom de *Yo-liu* 鬱 律 dans l'éd. T et de 壘 律 *Lei-liu.* dans l'éd. D *e*.

[310] 主 *ejen*, maître souverain. Ed. D *p* 世 génération, règne.

[311] 一 un (cent), à placer en *p* entre 10 et 11, dans l'éd. D.

siowan di sembi. jui *Fei-di*. deo *Hiyoo-joo*.
U-ceng. *U-ceng* ni jui *Hao-ju* de ulafi.

72. sunja jalan orin jakòn aniya bihebi. *Jeo* gurun de
mukiyebuhe. ilaci de *Jeo* gurun sembi. *Ioi-wen* hala.
Ioi-wen-tai. [312] *Wei* gurun i *Hiyoo-u-di* be
Cang-an hecen de aisilame. jalan halame. dasan be
jafaha. ere i jui *Hiyoo-min-di-Giyo*. *Wei* gurun i
anabuha be alime gaifi. colo be *Ieo* seme halaha.

73. deo *Hiyoo-ming*. *Hiyoo-u*. *Hiyoo-u* i jui *Hiyoo-
siowan*. *Hiyoo-siowan* i jui *Hiyoo-jing* de ulafi. sunja
jalan orin sunja aniya bihebi. *Sui* gurun de anabuha.

70

duici de *Sui* gurun sembi. *Yang* hala *gao-ju*

74. *Yang-giyan Jeo* gurun de aisilame. anabuha be alime
gaifi. gurun i colo be *Sui* sehe. julergi *Cen* gurun be
necihiyefi abka i fejergi be uherilehebi. jui *Yang-di* de
ulafi. balai dufe kemun akô ofi. abka i fejergi ambula
facuhôrakô. jai jalan ulahakò *Li* hala *Gung-di* be
ilibufi *Sui* gurun gukuhe. *Sui* gurun ilan jalan

75. gòsin nadan aniya bihebi. ereci wesihun duin gurun be
amargi suduri sembi. *Wei Ci Jeo Sui* gurun de
inu meni meni suduri bithe bihebi

71

Sui gurun be sirahangge *Tang* gurun inu.

76. ere be *Tang* gurun i bithe sembi. *Tang* gurun i *Gao-ju* i

---

[312] La syllabe *tai* du nom de l'empereur 太 dans l'éd. T et par le caractère 泰
Jü-wen-tai est représentée par le caractère   dans l'éd. D *z*.

hala *Lii* gebu *Yuwan. Lung-si* i ba i niyalma. *Sui*
gurun i *Dai-yuwan* i ba i *dai-xeo* hafan ofi, horon
algin daci iletulere jakade. *Sui Yang-di* kuxulembihebi.
Yang-di dergi ergi be kedereme genefi bedererakò ofi.
furdan i dolo ambula facuhòraha. hese i *Gao-ʒu* be geren
77. hôlaha be wacihiyame daila sehe manggi. *Gao-ʒu* golofi.
tere ci *Tai-ʒung* ni arga be dahame. turulafi
jurgangga cooha ilifi furdan de dosifi. *Sui Yang-di* i
omolo *Gung-di* be ilibufi. abka-i fejergi de
joo wasimbuha. goidahakô uthai fukjin i doro deribufi. *Sui*
gurun i doro be guribuhe.

72

78. *Tang* gurun abka i fejergi be baha. *Gao-ʒu* fulehe be
neihengge. gemu tere i jui *Zung* jobolon facuhôn be
toktobume dasaha. dabali holo be argiyame necihiyehe *gung* ci
banjinahangge kai. *Tai-ʒung* ni jui *Gao-ʒung. Gao*
79. *ʒung* ni jui *Jung-ʒung* be. eme *U-xi* nakalufi. [313]
doro be ejelefi orin aniya oho manggi. teni soorin
dahôbuha. *Jung-ʒung* ni deo *Jui-ʒung. Jui-*
ʒung ni jui *Ming-hòwang. Yang-fei* be dosholofi
gurun be facuhòrahâ. *An-lu-xan ging* hecen be necinjire
jakade. *Di* wargi *Xu* i ba de gurifi, abka i fejergi
80. elekei gukuhe. *Ming-hòwang* ni jui *Su-ʒung. Su-*
ʒung ni jui *Dai-ʒung. Dai-ʒung* ni jui *De-*

---

[313] 武 氏 (la reine) *U-xi*. Le sujet
du verbe 稱 制 « s'emparer du pouvoir »
manque dans l'éd. T où pluchent 武 氏
ejelefi, s'emparer (du pouvoir).

sujet du verbe *nakabufi* « détrôner » sert également de sujet au second verbe (*doro-be*)
ejelefi, s'emparer (du pouvoir).

ʒung. *De-ʒung* ni jui *Xôn-ʒung*. *Xôn-ʒung* ni
jui *Hiyan-ʒung*. *Hiyan-ʒung* ni jui *Mu-ʒung*.
Mu-ʒung ni jui *Ging-ʒung*. *Wen-ʒung*. *U-ʒung*.
Mu-ʒung ni deo *Siowan-ʒung*. *Siowan-ʒung* ni

81. jui *I-ʒung*. *I-ʒung* ni jui *Hi-ʒung*. *Joo-ʒung*. *Joo-ʒung*.
Joo-ʒung ni jui *Joo-siowan*. uheri gurun be
orin jalan ulafi. juwen tanggô jakônju uyun aniya dulembufi.
Liyang gurun de mukiyebuhe. ede *Tang* gurun i doro be
uthai halafi. *Liyang* gurun de guribuhe kai.

73

82. *Tang* gurun be sirahangge. *Liyang Tang Jin Han Jeo*.
gurun inu. ere be sunja jalan sembi. suduri hafan sunja
jalan i suduri be arara de. uheri emu bithe obuhabi.
uju de *Liyang* gurun sembi. *Tai-ʒu*. *Ju-wen*.
tuktan holha i jiyanggiyôn oho bihe. *Tang* gurun de

83. dahafi. [314] golo i amba ofi. uthai *Tang* gurun be durifi.
Biyan-liyang de gemulehe. doosi dufe doro akô ofi.
jui *Io-gui* de belebuhe. jui *Giyôn-wang* [315] *Io-
gui* be wafi. beye iliha. uheri juwe jalan juwan nadan
aniya bihebi. amargi *Tang* gurun de mukiyebuhe. jai de
amargi *Tang* gurun sembi. *Juwang-ʒung Lii-ʒun-sioi*

84. daci hala *Ju-siyei*. *Xa-to* i ba i niyalma. nenehe jalan
Tang gurun de *gung* bisire jakade. *Lii* hala bufi.

[314] 降 *dahafi* se soumettre. Ed. D *f.*
歸 même sens.

[315] 子 均 王 *jui Giyôn-wang* son
fils *Kiun-wang*. Ed. D. *i* 三 子 友 貞
son troisième fils *Yeou-tching*.

Jin gurun i *wang* fungnehebi. *Ju* hala *Tang* gurun be
durufi. *Jin* gurun de jalan halame kimuleme. amargi *Liyang*
gurun be mukiyebufi. abka i fejergi be bahabi. sargaxame efire de
amuran ofi. gurun ufarabuha. ama i ujihe jui *Lii-se-*

85. *yuwan* soorin de tehe. ere be *Ming-ʒung* sembi. [316] jui
Min-di de ulaha. ujihe jui *Wang-ʒ'ung-ku* geli
soorin be durihe. uheri duin jalan tofohon aniya
bihebi. amargi [317] *Jin* gurun de mukiyebuhe. ilaci de amargi
Jin gurun sembi. *gao-ʒu Xi-ging-tang. Ming-*
ʒung ni hojihôn. *Liyoo* gurun i cooha be baifi. *Tang*

86. gurun be mukiyebufi. jui *Ci-wang* de ulafi. *Liyoo* [318]
gurun de mukiyebuhe. uheri juwe jaian juwan aniya bihebi.
duici de amargi *Han* gurun sembi. *gao-ʒu Lio-ji-*
yuwan. Liyoo gurun be boxofi. *Jin* gurun be baha.
jui *Yen-di* de ulaha manggi. ujulaha ambase be
wara jakade, cooha hôbulifi gukuhe. [319] juwe jalan duin aniya

87. bihebi. sunjaci de amargi *Jeo* gurun sembi. *Tai-ʒu*
Gu-wei. Han gurun de hafan ofi. *Ye* i ba be
kadalara de. cooha hôbulire jakade. *Han* gurun i ejen be
jailabufi. fon de ejen oho. ujihe jui *Xi-ʒung Cai-*
jung de ulafi. julergi amargi be horolome toktobuha.
jui *Gung-di* de ulafi. *Sung* gurun de anabuha.

88. uheri ilan jalan juwan aniya bihebi. ere ci wesihun sunja

---

[316] 謂. *sembi* (eet homme) s'appelle.
Ed. D. *u* 鳥 (c')est.

[317] 後 *amargi*, (les Tsin) postérieurs, à
placer en *y* entre 3 et 4, dans l'éd. D.

[318] L'empereur *Tsi-wang* fut renversé d'après

l'éd. T par la dynastie des *Liao* 遼 et d'après
l'éd. D. par les Tartares *Ki-tan* 契丹 *b'*.

[319] 凡 en tout ; à placer entre *h'* et *i'*
dans l'éd. D.

jalan. uheri juwan [320] ilan ejen [321] susai ilan aniya.

kamciha juwan gurun i aniya be ejehebi. sunja gurun ilan jalan

meni meni emte ba be ejelehe. *U-wang Yang-hing-mi.*

julergi *Tang* gurun i *Lii-biyan. Xu* gurun i *wang Giyan.*

amargi *Xu* gurun i *Meng-ji-siyang. Min wang Xen-ji. Cu*

89. gurun i *Man-yen. U-yuwei* gurun i *Ciyan-lio.* julergi *Han*

gurun i *Lio-yen.* amargi *Han* gurun i *Lio-cung. Ging-*

nan i ba i *Gao-gi-hing.* uheri ejilehe juwan gurun. *Sung*

gurun i sucungga de isinjifi. julergi amargi *Han Tang Xu*

Ging. julergi *U-yuwei* gurun. gemu *Sung* gurun de dahaha

damu *Ki-dan* gurun *Sung* gurun i emgi sasa iliha

74

90. sunja gurun be sirahangga. *Sung* gurun inu. *Sung* gurun

tuwa i erdemu ci dekjire jakade. tuttu tuwa i erdemu *Sung*

gurun seme tukiyehebi. *tai-zu Jeo* hala. gebu *Kuwang-yen.* [322] *Jeo*

gurun i anabuha be alime gaifi. *Biyan-liyang* de gemulehe. deo

91. *Tai-zung. Tai-zung* ni jui *Jeng-zung. Jeng-zung* [323] ni jui

Jin-zung. Tai-zung ni jai jalan i omolo *Ing-zung.*

Ing-zung ni jui *Xen-zung. Xen-zung* ni jui *Je-zung.*

Hoi-zung. Hoi-zung ni jui *Kin-zung* de isinafi.

uheri uyun *di* ulhan. *Aisin* gurun i niyalma *Biyan-liyang* hecen be

---

[320] Dans l'éd. D on a sauté par mégarde le caractère 十 dix, à placer en *q'* au nº 5. C'est donc 十三 «treize» qu'il faut lire.

[321] C'est sans doute par erreur que l'éd. D. met en *q'* 7 王 *wang* «roi» au lieu de 主 *ejen* «souverain» qui se trouve dans l'éd. T et l'éd. C.

[322] Le premier empereur de la dynastie des *Soung* se nomme 匡胤 *Kwan-yin* dans l'éd. T et 匡充 *Kwan-yun* dans l'éd. D *p.*

[323] 宗 *tsung* (l'empereur Chi-)tsung, à placer en *g* entre 10 et 11, dans l'éd. D.

efulere [324] jakade. *Hôi-ʒung Kin-ʒung* ni ama jui gemu

92. Aisin gurun de dahaha. julergi *Sung* gurun i *Gao-ʒung*
    Hôi-ʒung ni jui. *Fang-jeo* de gemulehebi. enen [325]
    akô ofi. *Tai-ʒu* i jakôn ci jalan i omolo *Hiyoo-ʒung*,
    Hiyoo-ʒung ni jui *Guwang-ʒung*. omolo *Niyeng-ʒung* de
    ulaha. enen akô ofi. *Tai-ʒu* i juwan emu ci jalan i
    omolo *Lii-ʒung*. *Lii-ʒung* ni jui *Du-ʒung*. *Du-*

93. *ʒung* ni jui *Gung-di*. [326] *Duwan-ʒung* deo *Bing* de
    ulafi. uheri uyun jalan *Yuwan* gurun de gukuhe. julergi
    amargi [327] *Sung* gurun juwan jakôn jalan ilan tanggô orin aniya
    bihebi. amargi ba i gurun *Sung* gurun i onggolo, *Liyoo*
    gurun bihe. *dai-ʒu Ye-lioi* hala gebu *A-boo-gi*.
    Tai-ʒung. Xi-ʒung. Mu-ʒung. Ging-ʒung. Xeng-ʒung. Hing-

94. *ʒung. Doo-ʒung. Tiyan-ʒo* de isinafi. Aisin gurun de
    mukiyebuhe *De-ʒung* beye ilifi. colo wargi *Liyoo* gurun
    sehe. *Jin-ʒung. Mu-ju* de ulafi. uheri juwan juwe jalan
    emu tanggô nadanju aniya funcembihebi. *Nai-man* aiman [328] de [329]

---

[324] 犯 *efulere*, soumettre, Ed. D. *h* 克 s'emparer de.

[325] 子 fils, est rendu en mandchou par *enen* postérité.

[326] Dans l'éd. D. on a mis par erreur 宗 / 19 à la place de 術

[327] 兩 *julergi amargi*, (les Sung) du midi et du nord ; en chinois «les deux (dynasties *Sung*)» L'édition chinoise, reproduite par M. Des Michels, ne porte que le caractère 南 midi ; ce qui a fait dire à M. Des Michels qu'il devait manquer le caractère 北 nord. Mais d'après l'éd. T, il semblerait qu'il s'agit plutôt ici d'une faute que d'une omission et que l'éditeur chinois a mis par erreur 南 au lieu de 兩.

[328] *aiman*, la tribu (des *Nai-man*) n'est pas rendu en chinois, de même que généralement les mots *gurun* (dynastie), *ba* (localité), *hecen* (ville), *alin* (montagne), *han* (souverain) ne le sont pas non plus.

[329] 於 *de*, particule instrumentale, (détruits) par. Ed. D. *t* 于 même sens.

mukiyebuhe. *Liyoo* gurun i amala *wang* ohongge Aisin gurun bihe.
hala *Wang-giyan*[330] *tai-ʒu* i gebu *Min*. *Liyoo* gurun be

95. mukiyebufi, *Yan* i ba de gemulehe. *Tai-ʒung*. *Gi-ʒung*, *Fei-di*.
Xi-ʒung.

Jang-ʒung. *Wei-wang*. *Siowan-ʒung*. *Ai-ʒung*. *Mo-ju* de
ulafi. uheri juwan jalan emu tanggô orin aniya bihebi, *Yuwan*
gurun de mukiyebuhe. *Yuwan* gurun i *tai-ʒu* i hala[331] *Ki-u-wen*.
gebu

Tiye-mu-jeng, *Monggo* i ba ci mukdefi. *Tai-ʒung* de
ulafi. Aisin gurun be mukiyebufi. *Yen* i ba de gemulehe. *Tai-*

96. *ʒung* ni jui *Ding-ʒung*. *Ta-ʒu*[332] i omolo *Hiyan-ʒung*. *Hiyan-*
ʒung ni deo *Xi-ʒu*. *Sung* gurun be mukiyebufi. julergi
amargi ba be emu obume uherilehebi. omolo *Ceng-ʒung*. *Ceng-*
ʒung ni

ahôn i jui *U-ʒung*, *Jin-ʒung*. *Jin-ʒung* ni jui *Ing-ʒung*.
Ceng-ʒung ni ahôn i jui *Tai-ding*, *U-ʒung* ni
jui *Ming-ʒung*. *Wen-ʒung*. *Ming-ʒung* ni jui *Niyeng-*

97. *ʒung*. *Xôn-di* de ulafi. uheri juwan duin jalan emu
tanggô ninju sunja aniya bihebi. *Ming* gurun de mukiyebuhe.

---

[330] Le mandchou ne rend pas le caractère 氏 « famille » qui du reste est inutile, venant après 姓 *hala*, le nom de famille.

[331] Dans l'éd. D. on a mis par erreur 名 le petit nom, au lieu de 姓 le nom de famille. En outre, on peut faire ici la même remarque qu'à la note précédente.

[332] C'est également par erreur que figure 宗 en *d* 11, dans l'éd. D. au lieu de 祖. D'ailleurs la prononciation de ce caractère fautif indiquée dans l'éd. D. correspond à celle du caractère véritable. Nous en dirons autant pour les notes 305 et 311.

75

juwan nadan suduri serengge. tere fon i jingkini suduri i ton.
uju de *Xi-gi* sembi ilan *howang* sunja di ilan
wang. Cin gurun. *Cu* gurun. *Han U-di* [333] i suduri de
98. isitala. [334] *Han* gurun i *Se-ma-ciyan* banjibuhabi. jai de
julergi *Han* gurun i bithe sembi. *Han* gurun i *Ban-gu*
banjibuhabi. ilaci de amargi *Han* gurun i bithe sembi. *Lio-sung-
fan-wei-zung* banjibuhabi. duici de ilan gurun i bithe
sembi. *Jin* gurun i *Cen-xeo* banjihuhabi, sunja de *Jin*
gurun i bithe sembi. *Tang* gurun i *Tai-zung* banjibuhabi.
ningguci de
99. *Sung* gurun i bithe sembi. *Liyang* gurun i *Xen-yo* banjibuhabi.
nadaci de *Ci* gurun i bithe sembi. *Liyang* gurun i *Siyoo-ze-
hiyan* banjibuhabi. jakôci de *Liyang* gurun i bithe sembi. uyun de
Cen gurum i bithe sembi. gemu *Tang* gurun i *Yoo-ze-liyan*
banjibuhabi. juwaci de amargi *Wei* gurun i bithe sembi. amargi
Ci gurun i *Wei-xeo* banjibuhabi. juwan emuci amargi *Ci*
100. gurun i bithe *Tang* gurun i *Lii-be-ro* banjibuhabi. juwan
juweci amargi *Jeo* gurun i bithe. *Tang* gurun i *Ling-ho-de-
fen* banjibuhabi. juwan ilaci *Sui* gurun i bithe. *Tang* gurun i
Wei-jeng banjibuhabi. juwan duici *Sung Ci Liyang Cin*
gurun i julergi suduri. tofohoci *Wei Jeo Ci* [335] *Sui* gurun i

---

[333] Le caractère 帝 de l'empereur *Vou-ti*
quoique rendu en mandchou par *di* manque
dans l'éd. T.

[334] 以及 *isitala*, jusqu'à Ed. D. *d*
以至 même sens.

[335] *Jo Ci* (les dynasties) des *Tcheou* 周
et des *Thsi* 齊. Dans l'éd. D et dans l'édition
chinoise les *Thsi* sont placés avant les *Tcheou*,
Les *Thsi* ont régné de 550 à 557, les *Tcheou*
de 557 à 581.

amargi suduri. gemu *Tang* gurun i *Lii-yan-xeo* banjibuhabi.

101. juwan ningguci *Tang* gurun i bithe, *Sung* gurun i *Sung-ki* [336] *Eo-yang-sio* banjibuhabi. juwan nadaci sunja gurun i suduri *Eo-yang-sio* banjibuhabi. deribuhe urse juwan nadan suduri i amba muru be gisurehe [337]. yoo-ni ede bi. ere i sirame geli *Sung* gurun i suduri. *Liyoo* gurun i suduri. Aisin gurun i suduri bi. gemu *Yuwan* gurun i *To-to. Eo-yang-siowan.* [338]

102. *Giyei-hi-se* [339] banjibuhabi. [340] uheri orin emu suduri sembi. *Ming* gurun i suduri tetele toktoro unde kai. [341]

76

suduri serengge, gurun be toktobure amba kooli. gurun boo i taifin facuhôn i deribun, gurun i doro muktehe eberehe giyan be ejehebi. doro be bahaci. taifin ombi. doro be ufaraci,

103. facuhôn ombi, minggan jalan be wehiyegengge. [342] emu songko i gese.

---

[336] La syllabe *ki* du nom de l'écrivain *Song-ki* est écrite 祈 dans l'éd. T et 郍 dans l'éd. D.

[337] 於 particule locative. Éd. D. *a'* 于 même sens. — 於茲 *ede,* ainsi. M. Des Michels traduisant (au paragraphe *a'*) « dans cet (ouvrage) » donne à 于 (synonyme de 於) un sens locatif.

[338] La syllabe *yuen* du nom de l'écrivain *Ngeou-yang-youen* est écrite 玄 dans l'éd. T et 元 dans l'éd. D.

[339] La syllabe *hi* du nom de l'auteur *Kie-hi-se* est écrite 奚 dans l'éd. T et 傒 dans l'éd. D.

[340] Les paragraphes *d* et *e* de l'éd. D qui viennent ensuite manquent dans l'éd. T.

[341] 明史至今未定也. *Ming gurun i suduri tetele toktoro unde kai,* l'histoire de la dynastie des Ming, jusqu'à présent n'a pas été mise au net. Cette dernière phrase manque dans l'éd. D.

[342] 維 *wehiyehengge,* préfixe en chinois, suffixe en mandchou, serait à placer en *f* devant 1; particule qui ne modifie pas le sens de 千古 « de tous temps ».

77

yaya suduri be hôlara de. urunakô narhôxame kimcime acabufi
acambi, ejen amban i *gi juwan* [343] yargiyan kooli, bigan i suduri
julen i bithe ci yargiyan taxan adali akô, [344] mergen jalingga
104. taifin facuhôn i ba be getuken iletu acabume tucibume. julge te be
gemu hafume. beye sabuha adali [345] ohode. narhôn gisun somishôn
gônin be bahafi getukeleci ombi. tuba foholon uba golmin be
buhafi leoleci ombi.

78

105. ere ci [346] fusihôn bithe hôlara argan be uheri gisurehebi. [347] yaya
ging suduri *ʒe ji* jergi bithe be hôlarade. mujilen
angga ishunde acabuci acambi, angga de hôlara gojime. [348]
mujilen de
ejerakô [349] oci. uthai hanggabufi dosinarakô ombi. mujilen de ejere [350]
gojime. [351] angga de hôlarakô oci. gônin mujilen cohotoi akô
ombi, erde embici ede ojoro. yamji embici

[343] La marque du génitif 之 *d* manque dans l'éd. T.

[344] 則 « alors » n'est pas rendu en mandchou et manque dans l'éd. D, serait à placer en *c* devant ι.

[345] Pour renforcer 如 « comme » l'éd. T ajoute à la fin de la phrase les caractères 般. Le mandchou se borne à exprimer la comparaison par *adali*.

[346] La particule ablative 以 *c* quoique rendue en mandchou par *ci* manque dans l'éd. T.

[347] Le paragraphe *d* manque dans l'éd. T.

[348] D'après le mandchou 而 *gojime* aurait ici le sens de « seulement » et non son sens habituel de « et » que M. Des Michels lui donne.

[349] 唯 *ejembi*, méditer, penser à. Ed. D *f* 惟, même sens.

[350] Même remarque qu'à la note précédente.

[351] Même remarque qu'à la note 328.

106 ede akô ojoro ohode. tacihangge emembihe de waliyabure.

bahangge emembihede onggoro be dahame. erindari

urebure [352] doro

waka kai.

79

ere ci fusihôn julge be [353] yarufi. bithe hôlara niyalma be

107. hacihiyame huwekiyebuhebi. [354] *Jung-ni* serengge. *Kung-ze* i

tukiyehe gebu, *Kung-ze* i [355]

eme *Ni-kio-xan* [356] alin de jalbarifi. *Kung-ze* be banjire jakade.

tuttu [357] gebu *Kio.* [358] tukiyehe gebu *Jung-ni* sehebi. *Hiyang*

to *Lu* gurun i mergen niyalma. julge i [359] enduringge jui. nadan

se de *Kung-ze* de sefu ohobi, enduringge niyalma banitai

sarangge bime, hono jobome kiceme tacire de amuran:

---

[352] Le caractère 習 *urebure*, étudier, a été sauté par mégarde dans l'éd. T.

[353] 雜 *c* « divers » manque dans l'éd. T.

[354] L'éd. T porte « pour stimuler les hommes 人 à lire les livres » et l'éd. D « pour stimuler les jeunes enfants 小 子 à une étude assidue 勤 學 de la lecture des livres. » La personne à stimuler est à l'accusatif en mandchou, *niyalma be,* au datif en chinois dans l'éd. T et au génitif (au moyen de la suffixe 之 dans l'éd. D.

[355] La particule du génitif 之 qui manque dans l'éd. D serait à placer en *e* entre 2 et 3.

[356] 尼邱之山 la montagne de *Ni-kio*. Ed. D *e* 尼 山 la montagne *Ni*. En mandchou, la montagne *Ni-kio-xan*.

[357] 名丘 *gebu Kio,* son petit nom est *Kio ;* à placer en *f* après 1 dans l'éd. D.

[358] 孔 子 *f Kong-tse* (Confucius) est sous-entendu dans l'éd. T.

[359] L'éd. T dit que « *Hiang-to* était un homme sage du pays de Lou et un enfant saint de l'antiquité, tandis que l'édition D dit simplement « qu'il fut un enfant saint du pays de Lou ». Il y aurait donc à intercaler en *g* entre 3 et 4. 賢 人 homme sage (de Lou) 古 (enfant saint de) l'antiquité,

108. mergen enduringge jui be sefu obufi. alhôlame beye sithôhabi
sehe ba de. te i ajige juse be ai hendure. kicerakôci ombi o. [360]
ere wesihun oho bime tacire de amuran be gisurehebi.
Sung gurun i *Jao-pu. Tai-zu Tai-zung* han de

109. aisilame *Jung-xu-ling* hafan ofi. tuttu *Jung-ling* sehebi.
kemuni henduhengge. bi hontoho yohi i *Luwen-ioi* be jafufi
tai-zu de aisilara. hontoho yohi be jafufi. te i
ejen de aisilara jakade, yaya jalan dasabuhe irgen elhe
ohongge. gemu *Luwen-ioi* be hôlaha *gung* kai sehebi tere
hafan ofi *zaisiyang* ni wesihun de isinaha bime. hôlara de

110. amuran kiceme tacihangge hono uttu ba de. hafan ojoro unde
ajige juse be ai hendure kicerakôci ombi o. [361]

80

ere bithe akô bime. tacire de amuran be gisurehebi.
Han gurun i onggolo. fujuri boo waka oci bithe akô.

111. sarkiyara [362] doolara ulame ararakô [363] oci bithe akô, geli hooxan
akô. giowanse cuse sukô suje xusihe akô oci. sarkiyame
doolame muterakô. yadara encehen akô urse bithe bahame
muterakô bihebi. *Han* gurun i *Luwen-xu* amba omo i

---

[360] L'interrogation dans cette phrase est rendue en mandchou par la finale *o* et en chinois par l'initiale 豈 et la finale 與欤 dans l'éd. T, et simplement par la finale 與欤 dans l'éd. D. Par contre l'éd. D a en *l* le verbe 可 pouvoir, qui manque dans l'éd. T.

[361] Même remarque qu'à la note précédente.

[362] Dans l'éd. T 鈔 *e* copier, est écrit 仲

[363] D'après la version mandchoue la négation porterait sur le verbe écrire et non, comme le fait M. Des Michels, sur le verbe copier; mais dans l'une ou l'autre alternative le sens reste le même.

jakade honin adularade. okjiha be gaifi derhi [364] obume jodofi.
Xang-xu bithe be baifi, sarkiyame [365] arafi hôlaha bihebi. *Gung-*

112. *yang-hông* [366] susai se ofi. niyalma de cuse moo i bujan i
dolo ulgiyan tuwakiyara de. guwesi i cuse moo notho be
giyafi, *Côn-cio* bithe be baifi, sarkiyame [367] arafi hôlaha
bihebi. ere juwe nofi ere ci tere fon de gebu iletulefi.
wesihun *king-siyang* de isinahabi juwe nofi yadahôn fusihôn [368]
tacire de amuran bime bithe akô ofi. ejere arara

113. manggangge [369] uttu bade. [370] te i bithe hôlara urse baire de ja [371]
icihiyarade ja bime. narhôn sain ningge be uttu maktaxame [372]
tacire de amuran akô oci. beye de sartaburengge [373] waka seme o

---

[364] Dans l'éd. T 席 *h* natte est écrit 蓆

[365] Même remarque qu'à la note 342.

[366] Ce gardeur de cochon est appelé *Kong-yang-hung* 公羊弘 dans l'éd. T et *Kong-sun-hung* 公孫弘 dans l'éd. D *j*.

[367] Même remarque qu'à la note 342.

[368] 而 *r* « cependant » manque dans l'éd. T.

[369] A intercaler au paragraphe *p* entre 8 et 9. 無書而紀錄之難 *bithe akô ofi, ejere arara manggangge*, ne possédant point de livres, (s') ils ont pu les copier et les retenir, entourés de (pareilles) difficultés.

[370] Dans l'éd. T les deux phrases correspondant au paragraphe *p* et *q* de l'éd. D s'enchaînent, la première se terminant par *bade* « si » et la seconde commençant par le caractère 況 (qui manque dans l'éd. D) « à plus forte raison. »

[371] 而 « et » serait à placer en *q* entre 7 et 8 dans l'éd. D.

[372] Dans l'éd. T et dans l'édition chinoise 賤 *r* mépriser est écrit 便

[373] Dans l'éd. T 誤 *r* est écrit 惧 et l'idée d'erreur exprimée en chinois par ces caractères qui sont synonymes est rendue en mandchou par le verbe *sartabumbi* retarder.

82

ere suilame hôlaha kicebe be gisurehebi. *Jin* gurun i
Sun-ging bithe

114. hôlame dobori xumin oho manggi. kemuni xaburara ayoo seme
uju i funiyehe be mulu de lakiyabufi. xadafi amu
isinjire be tosohobi. *Jeo* gurun i [374] *Su-cin* ucarabuhakô ofi.
bederehe manggi. giranggi yali de fusihôlabuha turgunde.
uthai gônin sithôfi
bithe hôlame banuhôxame heoledere farhôdame bandara
de teisulebuci. [375] dacun suifun i
suksaha be tokome beye be targabuhabi. ere juwe
nofi jobome suilame

115. beye fafurxahangge uttu. umai ama ahôn i tacibure [376]
ciralame [377] kadalarangge
akô bihe. [378] suwe ni jergi ajihe juse. icangga i eture jetere
jirgame banjire sebjen be aliha bime. geli mergen ama
ahôn i yarhôdame taciburengge bisire be dahame.
hacihiyame hôsutuleme beye
sithôre be gônirakô oci ombi [379] o.

[374] 周 *Jeo-gurun i*, sous la dynastie des Tcheou ; à placer en tête du paragraphe *g*.

[375] 每 值 之 時 en mandchou *de teisulebuci* est rendu plus simplement en français par l'expression de « chaque fois que ».

[376] L'explitive 而 qui manque dans l'éd. D serait à placer en *k* entre 16 et 17.

[377] 威 嚴 *k* avec sévérité, Ed. T 嚴 *ciralame*, même sens.

[378] 况 « à plus forte raison » n'est pas rendu en mandchou et manque également dans l'éd. D ; à placer en *m* devant 1.

[379] Le verbe pouvoir est rendu en mandchou par *oci ombi*.

83

116. ere yadahôn bime tacire be waliyahakô be gisurehebi. *Jin*
gurun i *Cen-yen* [380]

boo yadahôn [381] tacire de amuran. [382] dobori bithe hôlara
de nimenggi akô ofi.

[383] juciba be fulhô de tebufi. tere i elden de eldexeme [384]
bithe gôlahabi. *Sun-*
kang xahôrun dobori bithe hôlara de nimenggi akô ofi. [395]
tucifi hôwa de

bisire nimanggi i elden de [386] bithe hôlahabi. [387] ere

117. juwe nofi yadahôn i turgunde [388] tacire be waliyahakô.
naranggi amba

gebu be mutebuhe bade. suwe ni jergi urse ama ahôn i

[380] 車 胤　*Tche-yin*; en mandchou *Tche-yen*. Cette personne s'appelle 車 允 *Tche-yun* dans l'éd. D.

[381] Le mandchou construit ainsi : *Tche-yin* de famille pauvre aimait à étudier, tandis que le texte chinois dit : *Tche-yin* aimait l'étude et sa famille était pauvre.

[382] *amuran* (prononcez *amourann*,) amoureux (de l'étude). Il est singulier de trouver l'idée d'aimer exprimée presque par le meme mot dans deux langues aussi éloignées.

[383] 乃 « alors » n'est pas rendu en mandchou.

[384] 取 . i! prenait (leur lumière celle des vers-luisants). Le mandchou dit « éclairé par leur lumière *tere i elden de eldexeme* ». Ed. D 藉 *f* il empruntait (leur lumière).

[385] Même remarque qu'à la note 383.

[386] 光 *h* éclat (de la neige), manque dans l'éd. T.

[387] 之 (il) les (lisait) ; en mandchou *bithe* livres, c'est-à-dire que le mandchou met un substantif là où le chinois met un pronom. Ce caractère qui manque dans l'éd. D serait à placer en *h* après 9.

[388] L'explitive 而 *i* manque dans l'éd. T.

acabume hôwaxabure be dahame. kicerakôci ombi o. [389]

84

ere beye suilambime tacire de amuran be gisurehebi.

118. Han gurun i *Ju-mai-cen* yadame banjime [390] moo sacire de
bithe hôlara be waliyahakô. jing moo sacire ucuri bithe be
bujan i dolo sindafi hôlambi. moo be unufi [391] bedererede bithe be
damjan i ujan de lakiyafi hôlame yabumbihebi. [392] amala *U-di* i
forgon de *Hôi-gi* i ba i *tai-xeo* hafan oho
bihebi. *Sui* gurun i *Lii-mi* tacire de amuran ofi.

119. ihan de yalufi. *Han* gurun i bithe be hôlame. gòwa
debtelin be juwe uihe de lakiyaha [393] be *Yang-yuwei-
gung* sabufi ferguwehebi. [394] amala hafan sirafi. *Pu-xan-gung*
oho bihebi. ere juwe ufi beye jobome suilambime. kemuni

---

[389] 豈 est-ce que (vous ne ferez pas des efforts). Ed. D. 可 *k* (est-ce que) vous pourrez (ne pas faire des efforts). Le mandchou réunit les deux choses, l'idée de pouvoir *(ci ombi)* et la forme interrogative *(o)*.

[390] *banjme*, né (pauvre), n'est pas rendu en chinois.

[391] Dans le texte de l'éd. D on a sauté par mégarde le caractère 而 « et » ; à placer en *f* après 2.

[392] 步 行 *yabumbihebi*, il marchait. Ed. D *f* 扶 en portant 行 il marchait.

[393] 掛 *lakiyambi*, suspendre. Ed. D *j* 掛 même sens.

[394] 一奇 *ferguwehebi*, il (l') admira. Ed. D *k* 意 il ressentit de la sympathie pour (lui).

girkôfi faxaxame [395] teng seme [396] yabuhangge [397] uttu bade.

suwe ni jergi

urse inenggidari ebitele jeme. baita be baita oburakô oci ombi o

85

120. ere mutuha bime tacire de amuran be gisurehebi. [398]

Su-loo-ciowan i gebu *Siyôn.* tukiyehe gebu *Ming-yôn. Sung*

gurun i *Mei-xan* i ba i niyalma. *Su-dung-po* i ama.

Su-loo-ciowan ajigan de tacire be ufaraha. orin

121. nadan se de isinjifi. teni waka be ulhifi. fafuxame

sithôme bithe hôlafi. amba gebu be mutebuhebi. juwe [399] jui

gemu amba bithe i baksi ojoro jakade. jalan de [400] ilan [401]

Su seme gebulehe

86

122. orin [402] nadan [403] se [404] be sakdaka seci ojorakô bicibe. niyalma

[395] 苦 faire des efforts ; idée rendue en mandchou par les deux verbes *girkôfi faxxame.* Ed. D *m* 勞苦 même sens.

[396] 工 *teng seme,* avec force ou résolution. Ed. D. *m* 堅 même sens.

[397] 行 *yabuhangge* agir, manque dans l'éd. D, serait à placer en *m* après 12.

Il ne semble pas que l'idée de « s'élever au-dessus des autres » exprimée par 卓 soit rendue en mandchou.

[398] 也 finale, à placer en *b* après 8 dans l'éd. D.

[399] 二 *juwe* deux. Ed. D. *g* 兩 même sens.

[400] 世 *jalan de,* de leur temps. Ed. D *h* 日 même sens. Ed. C 母 chacun (les appelait).

[401] 三 *ilan* les trois *(Su).* Ed. C, idem. Ed. D *h* 二 deux.

[402] 此·言· *c* « dans ce (texte) on dit que » manque dans l'éd. T.

[403] 二·十·七 *orin nadan* vingt-sept (ans) ; à placer en *c* après 2.

[404] 歲 *se,* années. Ed. D *c* 年 歲 (ces) années, (cet) âge.

banjifi jakôn se de ajige tacikô de dosici acara.

tofohon se de amba tacikô de dosici acara be

bodome ohode. inu sakdaka seci ombi kai. [405] *Su-loo-ciowan*

se mutufi boo yadahôn dade. [406] juse sargan i uxabun bimbime.

geli daci tacire de amuran akô bihe. emu cimari

123. andande tacime sitaha be aliyame. fafurxame sithôme amba gebu be

mutebuheugge uttu. [407] suwe ni jergi ajige juse. sakdara

onggolo. giyan i

erdeken i julesi ibenere be gônime. hacihiyame kiceme *gung* be

mutebuci aca bi. [408] ume sakdaka manggi. aliyaha

seme amcarakô de

isibure. [409] adarame *Su-loo-ciowan* i abka i banin wesihun

ningge [410] de isimbi ni [411]

87

124. ere tacire de amuran mujilen sakdantala ele hing sere be

gisurehebi. amba yamun sereugge. abka i jui i yamun be. geren

---

[405] L'initiale 夫 « or » n'est pas rendue en mandchou.

[406] 家 且 貧 *boo yadahôn dade*, sa famille en outre était pauvre 而 et.... Ce passage qui manque dans l'éd. D serait à placer en *d* entre 6 et 7. 而 n'est pas rendu en mandchou.

[407] 况 « à plus forte raison » n'est pas rendu en mandchou. Ed. D. *e* 至 quant à.

[408] Le texte chinois dit : Il ne faut pas attendre de vieillir et ensuite avoir un repentir inutile ; ce que le mandchou rend par : Il ne faut pas, après être devenu vieux, arriver à vain repentir.

[409] 又 « en outre » manque dans l'éd. T.

[410] 高 者 *wesihun ningge*, la supériorité. Ed. D *g* 高 même sens.

[411] 乎 finale interrogative qui, quoique manquant dans l'éd. T, est rendue en mandchou par la suffixe *ni*.

saisa ci ujulahabi serengge. *juwang-juwan* oho be. *Sung*
gurun i *Liyang-hoo*. jobome tacime emu jalan uyarabuhakô.
　　jakònju
juwe se de isinafi. kemuni fafurxame faxxame amba yamun de
125. acabume irgebufi. geren saisa i uju ome mutehebi.

88

tere serengge. *Liyang-hoo* be jorihabi. *Liyang-hoo*
se de ofi. tacihangge mangga bime katun guigu. geli ere
gese amba gebu be mutebuhengge. yargiyan i julge de i emteli
126. ferguwecukengge sehengge. suweni bithe hôlara urse.
　　giyan i ere be durun
obuci acambi. [412] ucarabuhakò [413] seme beye be tukiyececi [414]
　　ojorakô ucaraburakò
seme. beye be waliyaci ojorakô. hing seme tacime sakdatala ume
badara *Liyang-hoo* i adali ojoro be ereme. gônin
heolederakô oci acambi.

89

127. ere ajigan bime mutebuhengge erde be gisurehebi amargi
ci gurun i *Zu-ing* jakôn se de uthai giyan

[412] 宜 *g* « il faut » qui, quoique manquant dans l'éd. T est rendu en mandchou par *giyan i...ci acambi*.

[413] 未 pas encore. Ed. D *h* 既 marque du passé. La forme négative donnée à la phrase « Si tu as réussi (ne te vante pas) » dans l'éd.

T (tant dans le chinois que dans le mandchou) et dans l'éd. C ne s'explique pas, à moins que cela signifie « Si tu n'a pas encore réussi (ne te vante pas de pouvoir réussir). »

[414] 矜 *tukiyececi*, se vanter. Ed. D *h* 荒 même sens.

fiyan *xi* irgebume muteme ofi. amala *ju-ʒo-lang*
hafan ohobi.

90

Tang gurun i *Lii-mi*. teni nadan se. *Gu* i
128. jui *yuwan-ban-ciyan* uyun se de ferguwecuke jui
seme tukiyehebi. *ming-howang* fonjime tulergi ba de kemuni
king ni gesengge bi o seme fonjiha de mi ni nakcu i
jui *Lii-mi* nadan se erdemu amban ci fulu
seme wesimbuhe. *di* dosimbuli acara fonde. *di* jing
Jang-juwei i emgi tonio [115] sindambihe. *di* ajige jui *si*
129. *fu* arame mutembi o seme fonjiha de. mutembi seme
wesimbuhe. *di* hoxonggo. muheliyen. axxan. ekisaka sere gisun be
irgebu sehe manggi. *Lii-mi* tere gònin be baime
dacilara jakade. *Jang-yuwei* hendume. hoxonggo serengge. tonio i
panse i adali. muheliyen serengge tonio i adali. axxan serengge.
tonio banjire adali. ekisaka serengge. tonio bucere adali
130. sehede. *Lii-mi* hendume. hoxonggo serengge. jurgan be
yabure adali . muheliyen serengge. mergen be forgoxoro adali.
axxan serengge. erdemu be tucibure adali. ekisaka
serengge gònin be
baha adali sere jakade. *di* ambula ferguwefi. xuxu
boco i etuku xanggaha. amala *Ming-ʒung. Su-ʒung. Dai-*

---

[115] 棋 *tonio*, échecs. Ed. *D h* 碁 même sens.

ʒung. *De-ʒung*[416] de aisilame. [417] duin gurun i aisilakô ofi
131. *xe-ji* i amban oho bihebi.

91

Xu-ing Lii-mi juwe nofi juse i fonde sure
ulhisu erdemu ejen be acinggiyame mutere jakade. se
ajigan de *king-siyang* obuha seme niyalma tukiyehengge
132. uttu serengge. suwe ni ajigan de tacire urse [418] giyan i
durun obufi alhôdaci acambi.

92 & 93

julge i fonde haha jui tacire de amuran i teile akô
sargan jui seme inu sure genggiyen mergen erdemu niyalma ci
133. dulekengge bi sehengge. *Z'ai-be-giyei* i sargan jui i gebu
Yan. tukiyehe gebu *Wen-gi*. ini ama jing *kin*
fithere de. kesike singgeri be sebkere de teisulere jakade.
Wen-gi tere i jilaha de wara be suwaliyaganjaha be
sahabi. *Dung-jo* toose be salire jakade. *Z'ai-yong*
erin de joboxoro gônin bifi. teni *kin* fitheme *Wen-gi*

[416] 明 蕭 代 德 *Ming-zung.*
Su-zung. Dai-zung. De-zung. Li-pi servit
(successivement) les empereurs Ming-tsung,
ou Ming-hoang-ti (713-755), Su-tsung (756-
762), Tai-tsung (763-779) et Te-tsung (780-
804). Le caractère 宗 *tsung* ne figure pas
dans le texte chinois.

四 · 朝 · 宰 · 輔 *duin gurun i*

aisilakô ofi, et après avoir été ministre assis-
tant sous ces règnes.

Ces deux passages qui manquent dans l'éd.
D seraient à placer en *t* entre 4 et 5.

[417] 位 *t* charge, dignité (de ministre),
manque dans l'éd. T.

[418] 之 *e* particule déterminative « qui »,
manque dans l'éd. T.

134. ini ama i fithere *kin* i jilaga kiyatar seme[419] ofi.[420] bucere[421] jobolon insinjire hamika[422] seme nasahabi. ini ama *Dung-jo* wabuha turgunde. weile bahafi bucehe. *Wen-gi* be monggo ba de[423] falabuha manggi. *Wen-gi kin* i jilgan be songkolome[424] *ho giya* sere juwan jakôn mudan i ujun banjibufi. dulimba i gurun de ulame jifi. butui korsoro gasame dabanaha be

135. *Zoo-meng* de donjire jakade. minggan yan i aisin i jolime gajifi. bithe i niyalma *Dong-ki* de holbohobi. *Siyei-doo-yôn Jin* gurun i *zai-siyang Siyei-an* i ahôn i sargan jui. ajigan de *xi* irgebume mutembihebi. hòwa de ambarame nimarara de. *Siyei-an.* geren juse de[425] sor sar sere amba nimanggi ai de adalixambi seme

136. fonjiha de. ahòn i jui *Siyei-yan* jabume. dabsun be utuhun de sohangge be duibuleci ombi sehe manggi. *Siyei-doo-yôn* hendume. inggari edun i ici[426] dekdehe sere de isirakô sere jakade. *Siyei-an* ambula ferguwehebi. amala *Wang-*

---

[419] 焦 *kiyatar seme*, confus (en parlant des sons d'un instrument). Ed. D i. 噍 même sens.

[420] 而 有 (en pensant que) par conséquent il y avait (des dangers, etc.). Ces caractères ne sont pas rendus en mandchou et ils manquent également dans l'éd. D où ils seraient à placer en *i* après 13.

[421] 死 *bucere*, mourir. Ed. D i 危 danger.

[422] 之 particule explétive, à placer en *i* dans l'éd. D après 15.

[423] 于 *de*, chez. Ed. D *k* 於 même sens.

[424] 以 琴 音 *kin i jilgan be songkolome*, d'après les sons du *kin*, serait à placer en *l* après 2 dans l'éd. D.

[425] C'est sans doute par erreur qu'on a mis dans l'éd. T 佺 solide, au lieu de 姪 neveu. Le texte mandchou a négligé de rendre ce caractère.

[426] M. Des Michels a oublié de mettre en *y* (après 4) le caractère 因 *i ici*, par le fait du (vent), qui se trouve dans l'éd. C.

io- [427] *giyón* i jui [428] *Wang-niyeng-ji* de buhe. eigen
akô oho manggi. akdun jalangga [429] iletulehe.

94

137. *Z'ai-wan-gi. Siyei-doo-yôn* sargan juse dabala.
hono sure genggiyen ulhisu dacun. jilgan be kimcihangge
uttu narhòn getuken. acabume jabuhangge uttu dacun hôdun [430]
sehengge. teren anggala suwe gemu haha juse kai.
sargan juse de isirakò. beye gònin be musembuci ombi o
giyan i ere be jafafi beye be targabume olhoxoci acambi

95

138. ere geli ferguwecuke jui i baita be yarufi. sure
ulhisu i erdemu be getukelehebi. *Tang* gurun i *Lio-yan* [431]
139. juse i fon de ambula taciha. teni nadan se de *Ming-
howang* ni *Hôwa-cing gung* de genere de
teisulefi. han be ilibufi bithe wesimbuhe de. *di*
ambula ferguwefi ferguwecuke jui sefi. bithe i yamun i *jeng-ze*
hafan obuhabi. emu inenggi hese i hôlame gajifi acaha de.

[427] Dans le chinois de l'éd. D il faut intercaler en *a* entre 5 et 6 le caractère 子 fils de.

[428] Dans le français de l'éd. D on a mis par
mégarde en *a'* « de la gauche » au lieu de « de
la droite » correspondant à 右.

[429] 節 *akdun*, chasteté est suivi et ren-
forcé dans l'éd, T par le caractère 烈 *jalangga* qui a la même signification.

[430] 敏 速 *dacun hôdun* (esprit) ai-
guisé et prompt. Ed. D *d* 頴 巽 (esprit)
d'un goût très fin.

[431] 童. 年. 飽. 學 *juse i fon de
ambula taciha*, étant (encore) enfant il était
(déjà) très instruit ; à placer entre *c* et *d* dans
l'éd. D.

howang-fei [432] buyeme *fei* i [433] tobgiya i minggu de [434] tebuhe. beye

140. ini funiyehe be halgire de. [435] *di* jifi [436] fonjime *king*

jeng-ʒe hafan ofi. udu hergen be tuwancihiyaha seme

fonjiha de. *Lio-yan* hujume niyakôrafi wesimbume. eiten

hergen gemu tondo. damu gucu sere hergen tondo akô

sehe. ainci julge i bithe de gucu sere hergen [437] be

banjibure de durun exeme [438] tob akô [139] bihebi. [440] tere

141. fon i baita ejelehe acuhiyan ambasa dosholome tuwaha niyalma

geren ofi. gucu jafafi jalingga be yaburengge be darihangge.

[432] 楊 *Yang*, le nom de la concubine impériale indiqué dans l'éd. D en *i* manque dans l'éd. T. Par contre, l'éd. T a le qualificatif d'impérial 皇 *hôwang* qui manque dans le chinois de l'éd. D et qui serait à placer en *i* entre **1** et **2**.

[433] 妃 *fei i* (les genoux) de la concubine, à placer en *i* entre **7** et **8**.

[434] 于 *de*, sur. Ed. D *i* 仝 même sens.

[435] 值 « il arriva que » n'est pas rendu en mandchou et serait à placer en *j* devant **1**.

[436] 臨 而 (l'empereur) s'approcha, c'est-à-dire vint et... Ces caractères seraient à placer après **1** en *j*. Le mandchou dit simplement *jifi* « (l'empereur) étant venu ».

[437] Au paragraphe *i* du texte chinois de l'éd. D, le n° **3** qu'on a sauté est 字 caractère.

[438] 古 書 *julge i bithe de*, dans les livres anciens 朋 字 *gucu sere hergen be* (*banjibure de*) (quand on fait) le caractère qui signifie ami 作 on fait 朋 (*durun* sa figure) 邪 *exeme* penchée Ed. D *o* 朋 字 似 兩 月 字 le caractère 朋 ressemble à deux caractères 月 (la lune). 字 qu'on a sauté dans ce paragraphe *o* doit occuper le n° **3**.

[439] 豐 *o* « figure » manque dans l'éd. T, mais en mandchou il est rendu par le mot *durun* qui se trouve dans la phrase précédente (voir note 438).

[440] Au n° **2** du paragraphe *p* de l'éd. D, c'est 以 « par là » au lieu de la particule négative 不 qu'il faut lire. Ce caractère et le caractère 且 « en outre » qui le précède ne sont pas rendus en mandchou.

Ming-hôwang ambula ferguwehebi. amala *Ming-ʐung Su-ʐung
Dai-ʐung. De-ʐung* ni fonde. hafan jergi boigon i
jurgan i *xang-xu ping-jang-xi* de isinahabi.
Lio-ʏan sure ulhisu i teile akô. tob be
142. wesihulere miosihon be ashôre gônin ede [441] tucinjihebi.

96

Lio-ʏan udu nadan se i ajige jui bicibe.
beye hafan i jergi de dosifi *han-lin* hafan
ohobi. [442] suwe ni jergi ajigan de tacire urse giyan i .
143. kiceme hôsutuleme alhôdaci acambi sehengge

97

niyalma damu fafurxame faxxame muterakô dere. dere *Lio-ʏan*
inu niyalma dabala. alhôdaci ai mangga. *Yan-ʐe* i
henduhengge. *Xôn* niyalma kai. bi inu niyalma kai.
faxxan bisire urse. inu ere i adali ombi sehebi. amba
144. *Xôn* ojoro be hono faxxaci ojoro bade. *Lio-*

[441] 于 此 於 *ede*, en ceci. Ed. D t
於 此 même sens.
[442] 官 居 翰 苑 *Han-lin hafan
ohobi* (Lieou-yen) devint membre de l'Académie des *Han-lin*. Cette phrase qui manque dans
l'éd. D serait à placer en *c* entre les nᵒˢ 13 et
14. On désigne ordinairement cette célèbre
Académie nationale par les caractères 翰 *Han*
林 *lin* 院 *yuen*.

yan de geli ai mangga babi. [443]

98

Jnug-ni [444] ci *Lio-yan* de isitala. gemu julge
te i amba enduringge gebungge saisa. taclre urse tere be den
goro alhôdara de mangga ayoo seci. [445] ainu fusihòn jaka
145. hacin be tuwarakò [446] ni. indahòn coko gemu ulha kai.

[443] Le passage suivant qui manque dans l'éd. D serait à placer à la fin du chapitre 97. 顏子曰 *Yan-ze i henduhengge*, Yentse dit: 舜人也 *Xôn niyalma kai*, l'empereur Chun était un homme 我亦人也 *bi inu niyalma kai*, moi aussi je suis un homme 有者亦若是 *faxxan bisire urse inu ere i adali ombi sehebi* ceux qui ont du zèle (pour l'étude) sont aussi comme lui. 大舜尚可爲 *amba Xôn ojoro be hono faxxaci ojoro bade*, et si par leur ardeur à l'étude ils peuvent être à la hauteur du grand Chun 又何難于劉晏乎 *Lio-yan de geli ai mangga babi*, quelle difficulté auraient-ils à égaler Lieu-yen.

[444] Le passage suivant qui devrait figurer en tête du chapitre 98 ne se trouve pas non plus dans l'éd. D 自仲尼至劉晏 *Jung-ni ci Lio-yen de isitola*, depuis *Tchung-ni* (Confucius) jusqu'à *Lieu-yen* 皆古今大聖名賢 *gemu julge te i amba en-duringge gebungge saisa*, tous les sages illustres et les saints renommés de l'antiquité et des temps modernes. 學者恐其高遠而難效 *tacire urse tere be den goro alhôdara de mangga ayoo seci*, craignez-vous, vous qui vous livrez à l'étude, de ne pouvoir atteindre le lointain sommet où leur mérite les a placés.

Le chapitre 98 dans l'éd. D commence par 爾 qui manque dans l'éd. T.

[445] 以自警 c « pour vous donner du courage » manque dans l'éd. T.

[446] Le passage suivant qui ne se trouve pas dans l'éd. D serait à placer entre les paragraphes *d* et *e*. 待人而飼似乎無能矣 *niyalma nlebure be aliyame ofi. muten akô gese* (le chien et le coq) attendent de l'homme leur nourriture; ils sont comme sans pouvoir.

Le verbe *aliyambi* attendre ne se trouve pas dans ie dictionnaire de Gabelentz.

niyalma i ulebure be aliyame ofi. muten akô gese. [447]

tuttu seme [448] indahôn dobori gôwara [449] horon [450] bifi. buya

[451] niyalma [452] gelhun akô latunjirakô. [453] coko hôlame muteme ofi. [454]

erde hôlame gerere be boolara jilgan [455] bifi. niyalma de

abka i gerere hamika be ulhibume. niyalma be erde

146. ilire be serebumbi. [456]

[457] coko indahôn i buyasi ujima. hono ejen de hôsun bume

[447] 烋 *tuttu seme*, et cependant ; à placer en tête du paragraphe *e* de l'éd. D.

[448] 猶 « (le chien) a comme (la puissance, etc.) » n'est pas rendu en mandchou et serait à placer en *a* dans l'éd. D après 1.

Par contre 則 *e* « d'une part » manque dans l'éd. T.

[449] 守 faire la garde. Le mandchou dit : *gowara*, aboyer. L'on remarquera qu'ici le génitif « (puissance) de (garder) » *gôwara horon* exprimé en chinois par la particule 之 n'est pas rendu en mandchou ou du moins pas autrement que par la position du complément qui précède, comme le fait ordinairement le *kou-wen* ou chinois ancien.

[450] 威 *horon*, autorité, puissance. Ed. D *e* 能 pouvoir, capacité.

[451] 而 « et alors » n'est pas rendu en mandchou. Ed. D *e* 使 (le chien) fait que.

[452] 小人 les gens mal intentionnés.

Le mandchou et l'éd. D disent simplement « les hommes ».

[453] La finale 也 serait à placer à la fin du paragraphe *e*.

[452] 則 « d'autre part » manque dans l'éd. T. 能鳴而 *hôlame muteme ofi* (le coq) pouvant chanter. Ce passage qui manque dans l'éd. D serait à placer en *f* après 2.

[455] 聲 *jilgan*, le cri (du coq qui annonce l'aurore). Ed. D *f* 能 le pouvoir (d'annoncer l'aurore).

[456] 天之將明 *abka i gerere kamika be* (le coq annonce) que le jour va paraître 而警人之 *niyalma be (erde ilire be) serebumbi*, et il force les hommes (à se lever de bonne heure).

Ce passage qui manque dans l'éd. D serait à placer en *f* entre 11 et 12. En outre, la finale 也 manque également dans l'éd. D.

[457] L'initiale 夫 « or » du paragraphe *g* manque dans l'éd. T.

mutere bade. jui oho niyalma. ama eme i hethe de

sebjeleme banjime. hôsutuleme tacifi. niyaman be eldembume

gônirakô mujangga o. ere tacirakô niyalma. ulha de

147. isirakô be dahame. adarame niyalma oci ombi ni. [458]

99

tenteke hibsu ejen ʒ'an umiyaha be sahahôn. tere

ʒ'an umiyaha hibsu ejen serengge. umesi ser sere jaka kai.

niyalma de bairakô bime. niyalma ujimbi. ʒ'an umiyaha oci

148. sirge gaijara biyooha falire. suje cuse banjinara *gung*

bi hibsu ejen oci ilha gurufi hibsu arafi. nure

arara [459] baitalan bi. jaka ohongge ajige bicibe. *gung*

muteburengge amba. suwe hoo-hio sere haha ofi.

[458] Dans l'éd. T la fin de ce chapitre que voici diffère presque complètement du texte de l'éd. D. 尚 能 有 効 力 於 其 主 *hono ejen de hôsun bume mutere bade* (les plus petits chiens et coqs) peuvent encore être une force pour leur maître. 況 爲 人 子 安 享 父 母 之 業 獨 不 思 力 學 以 榮 其 親 乎 *jui oho niyalma. ama eme i hethe de sebjeleme banjime. hôsutuleme tacifi. niyaman be eldembume gônirakô mujangga o*, à plus forte raison les enfants qui sont seuls à jouir de l'héritage de leur père et mère ne songeront-ils pas à s'appliquer à l'étude de toutes leurs forces pour illustrer la mémoire de leurs parents? 是 不 學 之 人 不 如 畜 也 *ere tacirakô niyalma. ujiha de isirakô be dahame. adarame niyalma oci omb ni*, l'homme qui n'étudie pas est inférieur à l'animal et mérite-t-il encore le nom d'homme?

Le texte ci-dessus correspond aux nos 6—11 du paragraphe *g* et aux paragraphes *h, i, j, k, l.*

[459] 成 醞 造 *nure arara* (l'emploi de) faire une boisson. Ed. D *g* 資 飲 食 (l'emploi de) faire une boisson et une nourriture.

aikabade tacirakô baita be heoledeci. tere buyasi [360] umiyaha de
isirakò kai.

100

149.　niyalma banjifi untuhuri tacire [461] be kicerengge waka. ajigan de
enduringge mergese i gisun be tacifi. ciksika manggi. enduringge
mergese i yabun be yabuki serengge kai. aikabade untuhuri
tacifi yabun de tuciburakò oci. geli tacin be
aide baitalambi ni.

101

150.　ciksika manggi yabu serengge ai seci.
bithe i saisa gònin be bahafi doro be yabure de. dergi de [462]
oci ejen be *Yoo Xòn* i gese ejen de [463] isibure.
fejergi de oci irgen be *Yoo Xòn* i forgon i gese gosire
mohoci. damu beye be sain obumbi. hafuci. abka i fejergi be
151.　yooni sain obumbi sehengge.

102

tacifi amba bithe i niyalma oho manggi gebu algin [464] duin

[460] Le mandchou au lieu de « tous (ces insectes) 昆 » dit « (ces insectes) insignifiants *buyasi.* »

[461] 學 *tacire*, étudier. Ed. D *b* 誦讀 而已 lire, étudier et voilà tout.

[462] D'après le mandchou 以 *de* aurait un sens locatif dans *dergi de* « en haut » de même que deux lignes plus bas dans *fejergi de* « en bas » et non instrumental, comme l'indique l'éd. D cn traduisant « par là ».

[463] L'on voit d'après le mandchou *gese* que 之 a le sens de « semblable à ».

[464] 揚名 *gebu algin* réputation, célébrité. Ed. D *e* 聲名 même sens. Au paragraphe *d* nos **29**, 30, ce sont bien, comme dans l'éd. T, les caractères 揚名 qui sont employés pour dire « réputation ».

dere de hafunara hafan tefi gebungge amban oho manggi
derengge hese [465] i ama eme de fungnehe isibure. eici

152. tondo be yongkiyafi. hiyooxun be akòmbufi, tanggò jalan de
isitala. sain gebu [466] tutabure. eici tob sijirhòn tondo hanja
ofi. emu erin de erdemu be maktarangge. gemu gebu
algire niyalma be iletulere baita kai. niyalma doro
erdemu *gung* bodogon i jalan de iletuleme algire ohode.
wesihun erdemu amba doro mafa ama be eldembume. urgun be

153. isabume sain be iktambume. amaga jalan de elgiyen i
tutabure be dahame bithe hòlaha amba tusa waka seme o.

103

ere uheri dergi fiyelen be xoxofi. jui be tacibure
tusa be [467] gisurehebi. yaya niyalma juse omosi de

154. werire de. damu aisin menggun be labdu buhebi. [468] bi
oci ere ci encu. [469] damu emu *ging* bithe i jui de
tacibume. enduringge saisa be tacikini sere de wajihabi. dekdeni [470]

[465] 寵命褒 *derengge hese* (il re-
portera sur ses parents) les louanges et faveurs
dont son souverain l'aura gratifié. Ed. D *d*
褒寵 même sens.

[466] 芳 bonne odeur, est rendu en mandchou par *sain gebu*, bon renom.

[467] 孝子之益 *jui be tacibure
tusa be*, (il parle de) l'utilité d'enseigner les enfants ; serait à placer en *d* entre 1 et 2.

[468] 多與 *be labdu buhebi*. Le chinois dit : « ils donnent de l'importance à » et

le mandchou : « il le rend important », c'est-à
dire qu'en chinois le régime est au datif et en
mandchou à l'accusatif. Ed. D *d* 重 même
sens.

[469] 異於是 *ereci encu*, j'agis diffé-
remment ; serait à placer dans l'éd. D en *e*
entre 2 et 3.

[470] 語 *dekdeni*, le proverbe (dit).Ed. D *f*
詩 « répétant ». Ed. C 誦 chanter ou
réciter.

henduhengge. guise i jalu suwayan aisin seme. jui de emu
ging bithe tacibure de isirakô sehengge. tere gisun
mujangga kai. [471]

104

155. ere uheri amaga tacire urse be targabuha gisun.
      yaya niyalma sithôme kiceme tacici. ulhiyen i dosinara *gung*
      bisire. aikabade banuhôxame heoledeme efici tusa
          akôbime. kokiran
      bisire be gisurehebi. suwe targaci [472] acambi. tacin de hôsutuleme
156. kiceme gònin girkôme. amba bithe i niyalma ojoro be
      muteburakô oci ojorakô kai.

[471] 誠 哉 是 言 也 *tere gisun mujangga kai*, combien cette parole est vraie !
Ed. D. *g* 是 也 c'est bien cela !

[472] 戒 之 戒 之 (il faut) s'abs-tenir de cela. Le mandchou dit simplement
(il faut) s'abstenir, *targaci (acambi)*. Ed.
D *h* 戒 之 戒 之 (il faut) s'abstenir
de cela, éteindre cela.

APPENDICE

L'an dernier, nous avions perdu la partie de notre manuscrit, texte et notes, correspondant aux 25 dernières pages de cet ouvrage. Nous attendions en vain que notre annonce aux *Effets perdus* dans la *Feuille des avis officiels* nous la fît retrouver et, désespérant de revoir ces feuillets égarés, nous refîmes le travail et nous venions d'en terminer l'impression, lorsque, par le plus grand des hasards, nous avons retrouvé le manuscrit que nous avions cru perdu à tout jamais.

Notre nouveau travail se trouvait contenir 37 notes de plus. Par contre, quelques omissions s'y étaient glissées, comme nous avons pu nous en convaincre en comparant notre nouveau travail avec l'ancien. Ce dernier différait sur plusieurs points et nous en avons extrait cet appendice, qui nous a paru pouvoir servir de complément à notre commentaire.

Ce sont les 14 notes formant la matière de cet appendice et qui ont pour numéros ceux qu'ils devraient avoir dans les notes du commentaire.

Genève, janvier 1894.

fr. Turrettini.

342. — Cette préfixe *wehiyehengge,* du verbe *wehiyembi* aider, a le sens de « quant à » ou « seulement ».

343. — 之 correspond à la particule mandchoue *i.* Généralement, dans les textes *kou-wen* (l'ancien chinois), le génitif n'est exprimé que par sa position dans la phrase ; il précède, comme en anglais ou en mandchou, le mot dont il est le complément, tandis qu'il le suit comme en français, quand il en est séparé par le caractère 之.

353. — 古 *julge* l'antiquité Ed. D *c* 古人 les hommes de l'antiquité.

368 *bis.* — 如此 *p* « à ce point, autant » manque dans l'éd. T.

384. — 以 *f* « pour (s'éclairer) » manque dans l'éd. T. 之 s'(éclairer) » serait à placer en *f* entre 12 et 13.

391. — 而 figure dans l'éd. C.

401. — On ne se rend pas compte pourquoi l'éd. T écrit trois au lieu de deux ; car il n'est question dans ce chapitre que de deux personnes.

410. — 者 serait donc le correspondant chinois du suffixe mandchou *ningge* qui ajouté à un mot le rend substantif.

413. — Sur mon exemplaire de l'éd. T 未 se trouvait d'ailleurs tracée au crayon.

Quant à M. Pauthier, entraîné par son imagination, au lieu de traduire « Quand on a réussi, l'on ne doit pas s'en vanter, et quand on subit des échecs » il ne faut pas se décourager », il comprend ainsi ce passage : « Sans avoir » jamais eu avec lui de camarades ou compagnons d'étude pour l'encourager, » l'entourer de leur sympathie ; sans l'aide de personne, sans celle de cama- » rades d'études, il se produisit lui-même. »

443 *bis.* — Le paragraphe 98 dans l'éd. T est divisé en deux paragraphes dont le second commence avec la ligne 7 de la page 102, *coko indahôn,* etc.

445 *bis.* — Ici la forme interrogative est rendue en mandchou par l'initiale *ainu* et la finale *ni,* et en chinois par l'initiale 囟 et la finale 乎.

458. — Le texte correspondant de l'éd. D et sa traduction sont les suivants :
尚 有 可 取 之 處 (les plus petits chiens et coqs) ont encore des qualités qu'on peut utiliser. 況 人 爲 萬 物 靈 A plus forte raison l'homme le plus doué d'intelligence des 10,000 êtres. 豈 可 晏 然 自 安 平 Pourrait-on s'attarder au repos? 自 古 大 聖 大 賢 皆 由 學 而 後 成 De tous temps les saints et sages éminents sont arrivés à la perfection par l'étude. 人 苟 不 下 終 歸 學 則 流 L'homme qui n'étudie pas tombe au rang de la bête, 反 不 及 雞 大 之 可 取 et même il ne rendra pas les services qu'on attendra d'un coq ou d'un chien. 則 亦 何 以 爲 人 哉 En quoi serait-il un homme?

461 *bis*. — 其 ses (désirs), à placer en *c* entre 4 et 5.

463 *bis*. — (Il répand ses bienfaits sur le peuple comme) du temps 世 *forgon* (de Yao et de Chun). Ed. D *e* sur le peuple 民 (de Yao et de Chun).

ERRATA

TEXTE

Page 2,	ligne 14	Au lieu de : bajinahangge	Lire : banjinahaugge
— 5,	— 3	— akô	— akô [13]
— 5,	— 4	— twaka	— waka
— 5,	— 5	— tacihyan	— tacihiyan
— 7,	— 13	— endurringe	— enduringge
— 7,	— 13	— taccin	— tacin
— 7,	— 15	— gung	— *gung*
— 8,	— 1	— tira	— cira
— 8,	— 20	— gung	— *gung*
— 9,	— 4	— joborako	— joborakô
— 12,	— 7	— anahonjara	— anahônjara
— 17,	— 8	— gung	— *gung*
— 19,	— 5	— gung	— *gung*
— 20,	— 5	— mujulen	— mujilen
— 20,	— 5	— nyangkiyan	— kiyangkiyan
— 23.	— 2	— ambulo	— ambula
— 24,	— 5	— acabumni	— acabumbi
— 29,	— 18	— howa	— hôwa
— 30,	— 4	— bethei	— bethe i
— 32,	— 3	— tukfan	— tuktan
— 45,	— 7	— gurum	— gurun
— 46,	— 5	— dasabuhakongge	— dasabuhakôngge
— 46,	— 6	— tuwancihiyabuhakongge	— tuwacihiyabuhakôngge
— 46,	— 16	— nenche	— nenehe
— 48,	— 4	— dui ci	— duici
— 48,	— 5	— ncnehe	— nenehe
— 52,	— 4	— 208	— 203
— 53,	— 6	— 269	— 209
— 55,	— 20	— durum	— durun
— 55,	— 23	— hôwang	— *hôwang*
— 56,	— 1	— *Howang*	— *Hôwang*
— 56,	— 3	— xi	— *xi*
— 58.	— 7	— ila	— ilan
— 59,	— 7	— irge*n*	— irge*n*
— 60,	— 5	— si-be	— *si-be*
— 63,	— 24	— fefun	— fafun
— 70,	— 2	— *juug*	— *jung*
— 71,	— 23	— be ejelehe	— be
— 75,	— 18	— *Ci*	— *Ci*

ERRATA

			Au lieu de :	Lire :
Page	76,	ligne 1	di	di
—	76,	— 21	sudurl	suduri
—	88,	— 8	bime	bime 368 bis
—	89,	— 11	be ye	beye
—	90,	— 3	395	385
—	91,	— 7	Han	Han
—	93,	— 7	mutebuheugge	mutebuhengge
—	93,	— 10	aca bi	acambi
—	93,	— 15	sereugge	serengge
—	98,	— 5	340	430
—	101,	— 2	Jnug	443 bis Jung
—	101,	— 3	tac re	tacire
—	101,	— 5	tuwarakô 446	tuwarakô
—	101,	— 5	ni	ni 445 bis
—	102,	— 1	gese 447	gese 446
—	102,	— 2	seme 448	seme 447, 448
—	104,	— 9	saisa	saisa 461 bis
—	104,	— 11	forgon	forgon 463 bis
—	106,	— 7	akôbime	akô bime.

Page 87, entre les lignes 2 et 3, placer le nº du paragraphe 80 commençant par *ere wesihun* et mettre au paragraphe suivant le nº 81 à la place du nº 80.

NOTES

				Au lieu de :	Lire :
Page	3,	gauche,	ligne 2	une	un
—	3,	g	— 2	verbale	verbal
—	3,	g	— 3	explitive	explétif
—	3,	droite,	— 1	何 何	何 如
—	49,	g	— 7	recoivent	reçoivent
—	5,	d	— 12	muberakô	muterakô
—	6,	g	— 6	*cifu*	*cifu*
—	10,	g	— 13	dimmensions	dimensions
—	12,	g	— 2	*kai* 禮 當	*kai*
—	12,	g	— 9	rites	ici le sens de
—	13,	d	— 1	卄 孔	子 孔
—	15,	d	— 1	仐 71	於 72
—	20,	g	— 1		
—	21,	g	— 7	也	六 也
—	25,	d	— 5	*jurgi*	*jergi*
—	25,	d	— 13	Ed.	éd.
—	25,	d	— 14	placer	placer en
—	26,	g	— 7	a	à
—	26,	g	— 8	a	à
—	26,	g	— 11	*kumnn*	*kumun*
—	29,	d	— 3	« ce »	« ce »
—	34,	d	— 10	*Luw n*	Luwen
—	35,	g	— 6	raduit	traduit
—	35,	d	— 5	ct	et
—	37,	d	— 13	lettres	lettrés
—	42,	g	— 4	*Fu-yuw i*	*Fu-yuwei*
—	43,	g	— 7	*t-chong*	*tchung*

Page 43,	g	— 10	Au lieu de : 666	Lire : 166
— 43,	d	— 1	— *tsieon*	— *tsieu*
— 43,	d	— 4	— asalabume	— asarabume
— 43,	d	— 17	— *Pang*	— *Tang*
— 44,	d	— 10	— 杪	— 女
— 44,	d	— 16	— on	— ou
— 45,	d	— 6	— ei	— ci
— 48,	g	— 3	— et invite	— invite
— 48,	d	— 4	— Mandchou	— mandchou
— 48,	d	— 6	— 491	— 192
— 48,	d	— 7	— tranfert	— transfert
— 51,	g	— 5	— *kin*	— *king*
— 52,	d	— 8	— complèter	— compléter
— 52,	d	— 12	— comiques	— consignées
— 52,	d	— 15	— évènements	— événements
— 53,	d	— 6	— dinastie	— dynastie
— 58,	d	— 4	— 姒	— 姒)
— 62,	g	— 2	— yebuhangge	— yabuhangge
— 62,	g	— 7	— ci	— *ci*
— 62,	d	— 14	— devorant	— dévorant
— 62,	d	— 15	— *finirent* pour	— finirent par
— 72,	g	— 1	— 今	— 於
— 72,	g	— 5	— D	— l'éd. D.
— 77,	g	— 3	— pluchent	— plus haut
— 84,	g	— 12	— *Kic*	— *Kie*
— 84,	d	— 3	— *d* et *c*	— *d'* et *e'*
— 85,	g	— 8	— 般	— 一般
— 85,	g	— 8	— In	— la
— 85,	g	— 10	— 316	— 346
— 86,	g	— 11	— D.	— D).
— 87,	d	— 2	— 佔	— 杪
— 89,	g	— 6	— explitive	— explétive
— 90,	g	— 10	— meme	— même
— 90,	d	— 13	— explètive	— explétive
— 91,	g	— 2	— efforts).	— efforts) ?
— 91,	g	— 3	— efforts).	— efforts) ?
— 93,	d	— 10	— la	— le
— 94,	d	— 5	— se vanter	— (se) vanter
— 99,	d	— 9	— 豊	— 豐
— 101,	g	— 7	— 有	— 有爲
— 101,	g	— 15	— Lieu-yen.	— Lieu-yen ?
— 101,	d	— 8	— placés.	— placés ?
— 101,	d	— 13	— Le passage suivant	— Ce passage
— 101,	d	— 16	— *niyalma nlebure*	— *niyalma i ulebure*
— 102,	d	— 5	— 452	— 454
— 102,	d	— 15	— hommcs	— hommes
— 106,	d	— 1	— cela	— cela, s'abstenir de cela

Il faut placer la note 15 à la page 5 et la note 446 à la page 102.

www.ingramcontent.com/pod-product-compliance
Ingram Content Group UK Ltd.
Pitfield, Milton Keynes, MK11 3LW, UK
UKHW021733090726
13657UKWH00002B/689